문화시리즈 ❹

중국 전설집

주무랑마봉

문화시리즈 ❹

중국 전설집

주무랑마봉

정호원 편

KSi 한국학술정보[주]

|차례|

천안문

천안문은 원래 명·청조의 왕궁 정문으로서 황제가 조서를 내리던 곳이었다. 성문 아래에는 금수교가 있다. 다리 북측 좌우는 붉은색 스탠드이고 다리 남측 좌우에는 한 쌍의 돌기둥과 한 쌍의 돌사자가 있다.

1949년 10월 1일, 중국의 모택동 주석이 천안문 성루에서 새 중국의 창건을 선포하는 개국대전을 가졌다. 천안문 성루는 1988년 1월 1일부터 정식으로 관광객에게 개방되었다.

천안문은 원래 명·청 두 시기에 황성의 정문으로, 명나라 영락 15년(1417)년에 건조하기 시작하였다. 당시 '승천문'이라고 불렀다. 역사상 수차례 불에 탔었는데 1651년에 개수한 후 이름을 '천안문'으로 고쳤다. 명나라와 청나라 때 천안문은 황제가 조령을 발포하던 곳이며 매년 동지에 황제가 천단에 가서 하늘에 제사를 지내고, 하지에 지단에 가서 땅에 제사를 지내고, 중춘에 선농단에 가서 몸소 밭갈이하며 황제의 대혼, 출정 등 중요 행사 시에 출입하던 문이다.

때문에 천안문의 건축 규제는 매우 높아 성문이 5개, 중루의 둥근 기둥이 9개이며 중간 문 전후에 각각 한 쌍의 한백옥석으로 만든 돌기둥이 서 있는데 꼭대기에 석수가 웅크리고 있고 기둥에는 빙 둘러가며 구름송이를 조각하고 그 사이에 거룡이 서리고 있다. 그리고 그 앞뒤에 두 쌍의 돌사자가 지키고 있다.

중화인민공화국 창건 후 천안문 앞 좌우에 관람대를 증설하고 그 앞에 화단을 만들어 놓았다. 매년 봄과 가을이면 이곳은 갖가지 꽃들로 오색찬란하고 사람들로 인산인해를 이루어 즐거운 모습을 보여준다. 관람대 앞은 금수하로서 그 위에 5개의 한백옥석 다리가 가로놓여 있으며 다리 난간에는 아름답고 정교한 도안과 무늬가 조각되어 있다.

천안문은 1949년 10월 1일, 중화인민공화국의 건국을 선언한 곳이다. 이 장려한 성문은 영락제가 정식으로 북경에 도읍을 정했을 때에 원형이 만들어지고 청대 순치 8년(1651년)에 현재와 같은 형태로 개축되어 천안문이라 부르게 됐다. 모두 5개의 문이 있으며 가운데 문 위에는 모택동 주석의 대형사진이 걸려 있다. 이 사진은 1년에 한 번씩 유명화가가 1년에 걸쳐 작품을 완성하여 걸리게 된다. 사람들은 일반적으로 모주석이라고 호칭하고 있다. 개방시간은 09:00~16:00이며 북경역에서 10선, 20선, 54선 버스를, 서쪽에서는 1선, 4선, 22선, 52선 버스를 각각 이용할 수 있으며 북경지하철역에서 도보로도 관람이 가능하다.

웅대하고 장려한 천안문은 위대한 중국의 상징이다. 천안문은 500여 년의 역사를 갖고 있으며 북경시 중심에 위치하고 있다. 천안문은 기원전 1420년에 세워지고 기원전 1651년에 재건되었다. 명대에 고궁의 남쪽 정문으로 지어진 건축물 개축과 함께 청대에 천안문으로 개명되었다. 위에 중화인민공화국의 국장이 장식되어 있다. 문 앞에는 도랑이 있고 석조 다리 5개에 다 걸려 있으며 다리 양쪽에는 돌기둥이 세워져 있다.

북경이라고 하면 우선 떠오르는 것이 천안문이다. 붉은 성벽, 흰 대리석의 난간, 황색 유리기와가 그 웅장함을 자랑한다.

천안문광장은 중화인민공화국의 상징이다. 천안문 앞에 펼쳐져 있는 중국 최대의 이 광장은 1949년의 건국 행사를 위해 정비되었다. 1958년에 인민영웅기념비, 1959년에 인민대회당, 중국혁명 박물관, 중국역사박물관이 웅장하게 낙성되었다. 그리고 1977년에 모주석 기념당이 낙성되어 현재의 모습이 형성되었다. 현재의 천안문 광장은 천안문에서 정양문까지 남북 880m, 인민대회당에서 박물관까지 동서 500m, 총면적 40헥타르가 조금 넘는 대광장이다. 북쪽에는 180m 폭을 가진 출입구가 동서 장안가로 통하며 광장 남단의 정양문 성루의 양쪽에 각각 200m 폭의 출입구가 전문외대가로 통하고 있다.

천안문은 중국현대사의 큰 사건들이 벌어졌던 곳이기도 하다. 1919년에는 5·4운동의 물결이 이곳에서 일어났고 1966년 100만 명이 넘는 홍위병이 문화대혁명을 발동한 곳이기도 하다. 광장은 원래 흰 화강암으로 깔려 있었는데 1999년에 8개월간의 대대적인 보수를 단행했다. 바닥을 교체했는데 연분홍색 천연화강암 28만 개를 사용했다. 광장에 설치된 확성기도 1959년에 설치한 것을 첨단장비로 교체했다.

금수하 분수대는 527개의 꼭지로 이루어져 있다. 이 광장에서는 40만 명이 집회를 할 수 있는데 동서 장안가를 활용하면 100만 명이 넘는 대집회도 가능하다. 장안가와 여기에 인접된 대로의 보도 일각은 포석을 벗겨내면 그대로 화장실로 활용할 수 있게 되어 있고 장막을 주위에 치면 30명 정도가 동시에 용변을 볼 수 있는 야외 화장실이 10분 내에 만들어진다. 이 화장실은 하수도와 연결되어 있기 때문에 포석을 다시 끼우면 다시 보도로 환원된다.

천안문 앞 돌기둥은 특이하면서도 우아한 풍경을 보여준다. 고대 중국에서는 돌기둥을 대부분 다리, 궁전, 성벽 앞에 세워 장식과 표징으로 삼았다. 천안문 앞뒤의 돌기둥은 옹근 한백옥석을 조각하여 만든 것으로 조형이 아름답고 정교하며 무늬가 생동하여 돌기둥 중의 대표작으로 꼽힌다.

천안문 광장의 일상은 생기발랄하다. 광장에서는 아침부터 장거리달리기를 하는 사람, 태극권을 하는 사람들이 모여든다. 배드민턴을 즐기는 사람도 있고 건강을 위해 오는 다양한 사람들이 날마다 급증하고 있다. 중국 사람들은 평생 가보고 싶은 곳으로 만리장성과 천안문광장을 꼽는다. 사진사들도 많이 몰려든다. 연을 날리는 사람도 많다. 밤이면 산보를 즐기는 사람들이 가장 많다.

외국이나 자국 유람객들이 천안문에 찾아오는 목적 중의 하나가 바로 아침 국기계양식이다. 장엄한 국가의 주악 속에 오성붉은기를 첨앙하는 모습에서 그들의 자부심을 느낄 수 있다.

소림사

　소림사는 중국 하남성(河南省) 등봉현 숭산(崇山)의 서쪽 기슭에 자리 잡은 유서 깊은 불교 사찰이다. 이 절이 창건된 것은 북위(北魏) 태화 20년(서기 496년)으로부터 약 1천 5백 년 전의 일이다. 인도에서 고승들이 중국 땅에 불법을 전파하기 위하여 수도인 낙양(洛陽)에 왔을 때 당시 이 일대를 다스리던 북위의 효문제(孝文帝)가 그들을 받들어 가르침을 청했다. 그리고 그 답례로 풍광이 아름답고 주위가 고요한 터를 잡아 소림사를 창건케 한 것으로 전해진다.

　그 뒤 서기 527년에 다시 인도에서 불교 선종(禪宗) 28대 종정(宗正)인 보리달마(菩提達磨)가 광동, 남경, 장강을 거쳐 소림사에 와서 이른바 면벽 좌선 9년의 고행 끝에 득도하자 그 명성을 듣고 찾아온 승려들이 많아져서 이 절은 당대 최대의 명찰로 중국 천하에 이름을 떨치게 됐다.

본래 참선은 부동의 상태에서 스스로 마음을 닦아 가는 신앙 행위이므로 수행자들이 당연히 운동부족에 걸려 건강의 균형이 깨질 우려가 많다. 그래서 달마선사는 자신을 따르는 선승(禪僧)들을 위한 건강증진과 정신수양 그리고 호신연담(護身練膽) 즉 몸을 지키고 간담을 키우기 위해서 소림권법(少林拳法)을 개발했다. 짐승들의 몸동작까지 응용한 이 신묘한 무예 때문에 소림사는 불교의 수양도량으로서가 아니라 오히려 중국 고유무술의 커다란 발원지로 그 명성을 세계에 떨치고 있다.

현재에도 소림사와 사찰 일대에는 세계 각국에서 모여든 5천여 명의 수련생들이 무술을 읽히고 있는 것으로 알려져 있다.

중국 불교 선종(禪宗)의 개조인 달마대사는 본래 이름이 보리다라(菩리多羅)로 서천축향지국(西天竺香至國)의 제3왕자로 출생했다. 석가모니 부처와 마찬가지로 인도의 4성 중에서 가장 높은 계급인 크샤트리아로 왕후귀족 출신이다.

뒤에 불교에 입문하여 반야다라존자(般若多羅尊者)의 제자가 되어 이름을 보리달마로 고쳤다. 스승 반야다라가 세상을 뜬 뒤 중국에 불교가 잘못 전해져서 진실의 교법을 잃어가고 있는 것을 알고 불타의 정법을 시 전하기 위하여 인도로부터 머나먼 여행 끝에 중국에 이르렀다.

달마는 중국에 당도하자 첫 번째로 열렬한 불교 신자였던 양(梁)나라 무제(武帝)를 접견했다. 무제는 그때까지 절도 많이 짓고 승려들의 수도를 도왔으며 경전을 해석하는 학자들도 양성했다.

"짐은 절도 수없이 짓고 경전을 널리 읽히게 했으며 출가자들을 널리 도왔다. 그러면 어떤 공덕이 있는가?"

양무제가 달마대사에게 이렇게 물었다. 아마 그런 훌륭한 역사를 했으면 필시 성불(成佛)하여 부처가 될 것이란 대답을 기대하면서 물었다. 그러나 달마의 대꾸는 냉랭했다.

"그와 같은 일을 해도 승덕은 없다."

"그러면 불타의 가르침의 궁극적인 뜻은 무엇인가?"

다시 양무제가 물었지만

"그런 것은 없다."고 대답했다. 무제는 노여워졌다.

"그러면 도대체 짐의 앞에서 무조건 없다고만 잡아떼는 놈은 누구란 말인가?"고 다그쳤다.

"그런 것은 모른다."

달마의 대답이다. 한 장면의 선문답(禪門答)으로 왕과 이국의 선승의 대면은 끝나고 말았다. 선문답이란 참선하는 사람들끼리 진리를 찾기 위하여 주고받는 대화를 말한다.

사실 당시의 중국 불교는 내세의 행복을 기원하고 웅장한 절과 탑을 세우거나 화려한 불상을 조성하는 등 본질적인 문제를 떠나 겉치레를 많이 추구했다. 그런 물질적인 공양이 부처의 길에 이르는 수양이나 헌신으로 생각하는 분위기였다. 그런 판이라서 달마대사가 설교하고자 하는 자기해탈(解脫), 자기확립의 교리는 도저히 이해가 되지 않는 것이었다.

달마는 양나라를 떠나서 북위(北魏)의 수도 낙양(洛陽)에 가까운 하남성 숭산 소림사에 이주했다. 거기서 이른바 동굴 속의 막힌 쪽과 마주한 채 면벽좌선 9년의 좌선행(坐禪行)을 했으며 함께 심신을 단련하는 역근행(易筋行)에도 힘을 쏟았다. 그 역근행이 바로 후세에 소림권법으로 일컫는 무술로 분화된 것이다.

그 뒤 숭산 소림사에서는 무심한 좌선행보다 역근행 쪽이 수도에 효과가 있었고 재미도 있었으므로 승려들 사이에 큰 인기를 모았다.

소림사는 영화나 비디오, 무협소설을 통해서 많이 소개되었다. 소림무술에 얽힌 설화 역시 무궁무진하다. 그중에서 역사적 사실만이라도 당(唐)나라 태종이 즉위하기 전에 반대세력들에게 포위돼서 일촉즉발의 위기에 몰렸을 때 홀연히 나타난 소림사 무술 승 13명이 번갯불같이 빠르고 신기한 동작으로 수백 명을 물리쳤다는 사실은 잘 알려졌다. 그 공로로 태종으로부터 광대한 경작지를 하사받아 중국 최대의 사찰로 성장한 일도 있다.

이후 17세기 중엽 명(明)나라가 망하고 청(淸)이 건국되었을 때는 새 왕조를 반대하는 이른바 '반청복명'(反淸復明)운동의 근거지로 떠올라 당시 민중들에게 깊은 신뢰와 감동을 주었으며 소림사 승려들이 익히던 무술들이 민간으로도 빠르게 전파되었다.

하지만 소림사나 소림무술들이 승승장구 - 영광의 세월만 누려온 것은 아니었다. 특히 1898년부터 3년간 화북(化北) 지방 일대에서 시작되어 전국적으로 확산된 의화단(義和團) 사건의 주동 세력들이 소림권법을 휘두르는 무술인들이었다고 하여 청국군을 격파한 미국, 독일, 일본 등 이른바 연합군들은 소림무술을 철저하게 탄압했다. 이 때문에 소림사는 인적마저 끊긴 폐찰로 버려지는 비운의 시기를 수십 년이나 겪었다. 소림무술도 고수(高手)들이 산이나 지방으로 흩어지거나 사라져서 그 명맥을 찾기조차 어려운 지경에 이르렀다.

그러던 중 향항의 영화사들이 중국고유무술을 주제로 한 오락영화를 만들어 세계시장에 내놓았는가 하면 흥미진진한 무협 소설을 통해서 소림무술을 비롯한 정통무예를 소개함으로써 잊혀가던 소림사와 그 무술 고수들에 대한 관심이 폭발적으로 되살아났다.

아무튼 1985년에는 등소평(登小平)을 비롯하여 조자양(趙紫陽), 호요방(胡耀邦) 같은 당시 중국 지도자들이 폐허화된

이 절을 방문하고 재건과 무술의 복원에 열의를 보였다. 이에 따라 무술고승인 소희(素熹)스님 등 80여 명이 명맥이 흐트러진 소림무술의 가닥을 새로 찾고 발굴해서 정리하기 시작하기에 이르렀다. 1989년 제2회 서울아세아우수선수권대회, 1990년 제11회 북경아시안게임, 1991년 제1회 세계우수선수권대회, 1992년 제1차 한중 무술교대회 및 세계무술박람회, 1992년 제3회 아세아우수선수권대회, 1993년 제1회 동아세아경기대회, 1993년 제2회 세계우수선수권대회, 1994년 제12회 일본 히로시마 아시안게임, 1995년 제3회 세계우수선수권대회, 1997년 제4회 세계우수선수권대회, 1997년 제2회 부산동아세아경기대회, 1999년 제5회 세계우수선수권대회에서는 이 정통무술이 정식 종목으로 채택되기에 이르렀으며 또한 2004년 올림픽에 시범종목으로 결정되었고 2008년 올림픽에는 정식종목으로 채택되었다.

장권이란 차권(査拳), 화권(華拳), 소림권(少林拳) 등의 무술(武術)을 총칭해서 장권(長拳)이라 한다. 장권의 특징은 자세나 동작이 크고 넓으며 또한 신축성이 강하고 동작이 크게 포함되어 있으며 체조의 마루운동처럼 전신을 사용하여 종횡으로 움직이며 그 동작은 매우 우아하고 아름답다. 연소자나 초보자에게 또한 연습할 때 적합하여 미국, 캐나다, 유럽 등지에서 최근 급속도로 인구가 증가하고 있다.

남권이란 흔히 남파 소림권이라 하며 장강 이남 지방에

서 행하고 있는 권술의 총칭으로 많은 유파가 있다. 특히 광동성(廣東省), 복건성(福建省) 남권의 특징은 두 다리에 힘을 모으고 땅을 밟고 양손 목과 양어깨의 강한 탄력을 이용하여 힘을 발휘하고 수기(手技)를 많이 사용하면서 절도와 골격화적인 기술이 다양하고 동작을 할 때 기합소리를 낸다. 표연한 시간은 1분20초 이내로 규정되어 있다.

소림사의 흥기와 함께 스포츠와 건강운동이 동시에 활발한 붐을 일구었다. 이 점에서 소림사는 그 자체의 직능을 원활하게 작동한 시스템이기도 하다.

삼천갑자 동방삭

동방삭(東方朔, Tungfang Shuo)은 중국 전한(前漢)의 문인이다. 자는 만천이다. 기언기행(奇言奇行)으로 무제(武帝)의 총애를 받아 수십 년간 측근으로 있으면서 태중대부급사중(太中大夫給事中)까지 올랐다. 재산을 모두 미녀들에게 탕진했으며 광인이라고 불렸다. 한때 부국강병책을 상주했으나 받아들여지지 않자 이를 자조하여 ≪답객난≫(答客難), ≪비유선생지론≫(非有先生之論)을 비롯한 약간의 시문을 남겼다. 한대(漢代)부터 그에게 황당한 글들을 가탁(假託)하는 것이 유행하여 지금도 ≪신이경≫(神異經), ≪십주기≫(十洲記)가 그의 저서로 전해지지만 모두 진(晉) 이후의 위작이다. 전설에 의하면 서왕모(西王母)의 천도복숭아를 먹어 대단히 오래 살았다고 한다.

동방삭 설화는 한국에서도 전국적으로 널리 전승되어 왔다. 한국의 경우 동방삭이 목숨을 연장하게 된 것은 저승사자를 잘 대접했기 때문으로 이야기된다. 대접을 받은 저승사자는 삼십갑자를 살게 되어 있는 동방삭의 수명을 삼천갑자로 고쳐주었다. 그러나 삼천갑자를 살고 난 동방삭이 붙잡히지 않자 저승사자는 동방삭을 잡아가기 위해 냇가에서 숯을 씻었다. 어느 날 동방삭이 지나가다 숯을 씻고 있는 이유를 물었다. 저승사자가 숯을 씻으면 하얗게 된다 해서 씻는다고 대답하자 동방삭은 자기가 삼천갑자를 살았지만 처음 듣는 소리라고 말해 결국 자신이 동방삭임을 노출함으로써 잡혀갔다고 한다.

지금으로부터 2400~2500년 전 중국 한나라(前漢) 시대의 이야기이다. 몇 백 년을 살았다고 하는 삼천갑자 동방삭이란 사람이 우주만물의 이치를 깨닫기 위해 심산유곡에서 선도에 열중하고 있었다. 때마침 나라에서 그를 필요로 해 그를 찾기 위한 수많은 군사들이 산골짝을 샅샅이 뒤지고 있었다. 그런데 동방삭은 태연자약하게 물방울이 떨어지는 어두컴컴한 석굴에서 천리안의 도술을 통해 이미 군사들의 동태를 파악하고 있었다.

군사들은 동방삭이 거처하고 있는 석굴 근처에까지 와~ 와~ 하고 몰려들었지만 깎아지른 듯이 험난한 절벽 위에

굴이 있어 아무도 그 굴에 들어가지 못하였다.

그리하여 묘안을 생각한 장수가 활촉을 이용하여 "지금 임금께서 선사님을 급히 모셔오라는 어명을 받고 왔소이다!"라는 내용의 서신을 굴 안으로 쏴 올렸다.

그러자 동방삭은 날아온 화살을 왼손으로 잡아 그 화살대에 긴 손톱을 이용하여 "그대 군사들보다 내가 먼저 갈 것이오."(君軍我身先臨)란 답서를 써 굴 밖에 있는 장수에게 입바람을 통해서 날려 보냈다. 답서를 받은 장수는 동방삭의 뜻을 금방 이해하고 곧 말머리를 돌려 궁성으로 향했다.

동방삭이 있는 산에서 궁성까지는 며칠 동안 걸리는 먼 거리였다.

동방삭은 긴 백발을 휘날리며 축지법으로 단숨에 궁성 뜰 앞에 학이 내려앉듯 살포시 내려앉았다. 임금은 동방삭을 보더니 반가운 표정을 하며 동방삭에게 이렇게 말했다.

"내가 침식을 취하고 있는 대궐 처마에 구리종을 매달아 놓았는데 이상하게 한두 달 전부터 종을 아무도 치지 않음에도 불구하고 스스로 울려 괴상망측한 생각이 드는데 왜 우는지 그 까닭 또한 알 길이 없어 선사를 부르게 된 것이오."라고 근심 어린 어조로 말을 했다.

듣고만 있던 동방삭이 임금에게

"그렇다면 그 구리로 종을 만들 때 그 구리는 모두 다 어디서 구하셨사옵니까?"라고 묻자 임금은 구리산이라는 곳에서 캐어다 만든 것이라고 대답했다.

　그러자 동방삭은 자신의 몸을 바르게 하고 두 손을 합장하여 천리통이란 술법으로 구리산 한쪽이 무너져 내려앉아 있음을 보고는 깜짝 놀랐다. 동방삭은 자신이 본 바를 그대로 임금께 알려주자 임금은 깜짝 놀란 얼굴을 하면서 무엇인가 믿어지지 않는 듯이 신하를 불러 구리산이 과연 무너졌는가를 알아보도록 명하였다.

　그리고 동방삭의 말대로 무너진 게 사실이라면 그 원인이 무엇인가를 동방삭에게 엄중한 자세로 물었다.

　그러자 동방삭은 바른 자세로 다시 한 번 몸을 가다듬은 뒤

　"구리종이 우는 것은 구리산이 무너졌기 때문인데 본래 땅의 기운(地氣)이란 사람으로 비유하면 어머니와 아들과 같은 인연이옵니다. 이를테면 어머니라고 할 수 있는 구리산이 무너졌기 때문에 아들 격인 구리종이 따라서 울게 된 것입니다. 그런데 미혹한 인간들은 그 까닭을 알지 못한 채 종이 저절로 울린다고들 하고 있을 뿐입니다."

　하며 너털웃음을 지으며 이어

　"그리고 산이란 것도 우리 인간들과 같이 풍수학에서 용이라고 일컬어 부르는 혈맥이란 것이 있어서이옵니다!"

　동방삭이 이렇게 설명을 하자 임금은 신기한 듯

　"그러면 인간은 그 뿌리를 시조라고 하는데 산에도 인간과 같이 그런 뿌리가 있을 게 아니오?"

하고 묻는다.

동방삭은

"그래서 산에는 가장 근본이 되는 조종산(祖宗山)이란 것이 있고 그 다음에는 주산(主山)이 있사온데 그 하나하나를 따져보면 인간의 혈맥과 조금도 다름없사옵니다."

하고 말했다.

임금은 동방삭의 말이 하도 신기하여 자신도 모르는 결에 점점 신비스러운 경지로 빠져들었다. 더구나 궁색함이 하나도 없이 자신의 질문에 술술 답하고 있는 동방삭이 선뜻 부러운 생각마저 들었다.

임금은 동방삭에게

"그러면 선사(동방삭)께서 말한 대로 인간이나 땅이 한결같이 그 근본이 있다면 온 천하도 반드시 그 뿌리가 있을 텐데 천하의 뿌리는 어디가 되겠습니까?" 하고 묻자

동방삭은

"그렇지요. 세상 모든 사물에 음양(陰陽)이 있듯이 온 세상이 만들어진 과정도 반드시 시작 즉 발원성지(發源聖地)가 있사온데 바로 그 발원성지는 이웃나라 해동국(海東國)이옵니다!"라고 간단하게 설명하자 임금은 더욱 궁금하다는 표정으로

"왜 하필이면 해동국이란 말이오?"

하고 조금은 상기된 모습으로 동방삭을 향하여 묻는다.

동방삭은

"주역에 시어간 종어간(始於艮終於艮)이라고 적혀 있는데 그 뜻은 모든 만물의 시작과 끝이 간방(艮方)에 있다는 뜻입니다. 그런데 이 간방은 지구 중심부에서 볼 때 바로 해동국이 있는 위치이옵니다!"

하고 대답했다.

임금은 들으면 들을수록 신기하고 바다와 같이 넓은 지식으로 답을 하는 동방삭이 마음에 쏙 들었다.

그리고 동방삭이 궁성에서 며칠이라도 더 묵으며 좋은 이야기를 해주었으면 하는 마음을 갖고 있었다. 그러나 동방삭은 자리에서 일어나 조심스럽게 궁궐을 빠져나와 짚고 있던 지팡이를 공중으로 휙 하고 던져 비선차(飛仙車)로 둔갑을 시켜 그 차에 몸을 싣고 석굴을 향하여 구름 속으로 사라져갔다. 그 후 동방삭은 백일승천(百日昇天)을 했다.

백일승천이란 사후(死後)의 현상을 말한 것으로 죽은 시신뿐 아니라 사용품 일체가 사라져 볼 수 없는 것을 일컫는 것이며 죽은 사람이 생존 시에 쓰던 옷가지나 지팡이 신발 등만 관 속에 남아 있고 시신이 사라진 사후 상태를 시해(尸解)라고 일컫는다.

도가(道家)에서 백일승천이나 시해를 한 사람은 노자(老子)를 비롯하여 강태공(姜太公), 이소군(李小君) 등 사십여 명이 되는데 이십여 명의 시체는 없어지고 쓰던 물건만 남

아 있는 시해를 했고 이십여 명은 물건도 시체도 깡그리
사라진 백일승천을 하였다.

조조(曹操)와 도인 좌원방

이 이야기는 중국 삼국시대의 조조(曹操)와 도인(道人) 좌원방(左元放)의 이야기다.

좌원방이 천주산(天柱山)에서 제자들을 가르치며 정진하고 있을 때 많은 사람들이 그를 따르자 시기가 많은 조조가 불안을 느끼고 해치울 생각으로 우선 좌원방을 궁궐 안으로 불러들여 다짜고짜로 감옥에 밀어 넣었다.

그리고는 "며칠 동안 밥을 주지 않으면 죽겠지." 하고 물 한 모금도 주지 않았다.

이렇게 열흘이 지나고 한 달이 지나 반년쯤 지나도 아무런 이상이 없자 그로부터 일 년쯤을 그대로 방치해 두었다.

조조는 추운 겨울을 지내는 동안 죽었을 것이라 생각하

고 은근히 기대하며 좌원방이 갇혀 있는 감옥으로 갔는데 죽어서 뼈만 남아 있어야 할 좌원방이 하하하 웃으며 "도를 닦을 수 있게끔 이렇게 조용한 방을 주셔서 감사합니다!" 하고 큰소리를 치는 것이 아닌가.

조조는 깜짝 놀라면서도 겉으로는 태연하게 진수성찬의 차림을 해놓고 화해를 하는 척하면서 어려운 문제를 내여 만약 그것을 못 맞추면 죽일 계략이었다.

조조는 이윽고 "술안주로 다섯 자가량의 큰 농어가 먹고 싶은 터에 다행히도 이곳에 유명한 선사가 계셔 마음이 놓입니다. 그러니 선사께서 다섯 자가량의 농어 한 마리만 구해 주실 수 있겠습니까?" 하며 좌원방에게 당당한 태도로 묻자 좌원방은 "같은 값이면 다홍치마라고 좀 더 큰 농어를 찾지 않으시고요. 그러면 제가 지금부터 농어를 잡아들일 테니 잡수기만 하십시오!" 하며 큼지막한 구리 대야와 낚싯대를 가져오라 했다.

그리고 물이 가득 담겨 있는 대야에 낚싯대를 드리우며 한참동안 침묵만 지키고 앉아 있었다. 주위에 모여 서 있는 수많은 사람들은 숨죽인 채 조용히 지켜볼 뿐이었다. 그때 느닷없이 "이~얍!" 하고 소리친 좌원방은 곧 그 대야에서 펄펄 뛰는 커다란 농어 한 마리를 낚아 올리는 것이 아니겠는가?! 그러자 주위에 모여 섰던 많은 사람들은 일제히 박수를 치며 함성을 올렸다.

이에 조조는 더욱 화가 치민 얼굴로 눈을 아래위로 굴리며 이젠 노골적으로 좌원방에게 직접 술을 따라 올리라고 엄명을 내렸다. 그러자 좌원방은 얼굴에 미소를 지으며 조조의 술잔에 술을 가득 따라 보란 듯이 술잔을 들어 올려 조조에게 주는 듯하다가 자신이 먼저 두서너 모금을 마신 후에 그 술잔을 조조에게 올렸다. 그러자 속으로 화가 머리 끝까지 오른 조조는 마음속으로 발끈하여 '무례한 놈 같으니!' 하면서도 겉으로는 태연한 척 좌원방이 주는 술잔을 받아 마셨다. 그리고 이어 "이번에는 이 술잔을 공중에 올려보시오!"라고 좌원방을 쳐다보며 시험을 내리자 좌원방은 갖고 있던 젓가락으로 술잔을 허공으로 툭-튕겨 올렸다.

주위 사람들은 질색을 하며 술잔이 떨어질까 어쩔 줄 모르고 조마조마하고 있는데 술잔은 공중에서 빙빙 돌아가며 조조와 만조백관, 심부름하는 노비들 앞에 잠깐잠깐 머무는 것이었다. 그러는 사이 어느새 좌원방은 감쪽같이 모습을 감추어 버렸다. 화가 난 조조는 온몸을 와들와들 떨며 그 자리에서 즉시 온 나라에 좌원방을 체포하라는 엄명을 내렸다.

조조에게 쫓기는 몸이 된 좌원방은 양떼 무리 속에 숨어들어 순한 양으로 둔갑을 하기도 하고 어느 때에는 한쪽 눈이 찌그러지고 걸레같이 갈기갈기 찢겨진 옷을 입고 있는 늙은 거지로 둔갑하기도 했다.

또한 한 마을에 똑같은 모습의 거지들이 득실거리게 만들어 포졸들을 어리둥절케도 하고 포졸들의 훈련장에 들어가 포졸들을 만취케 하여 엉망진창으로 만들어 놓고 조조를 희롱할 대로 희롱하였다.

그리고 좌원방은 오(吳)나라에 가서 갖가지 도술과 둔갑술로 많은 사람들로부터 호감을 사게 되었으나 손책(孫策)의 미움을 받아 쫓기는 신세가 되기도 했다.

그 이유는 아래와 같다.

어느 날 손책이 여러 신하들과 한 고을을 행차하여 돌아보고 있을 때였다. 좌원방이 느닷없이 나타나 손책이 타고가는 말 앞에 나막신을 신고 어정어정 걸어갔다. 좌원방이 길을 비켜주지 않으며 손책의 가는 길을 방해하자 결국 화가 치민 건 바로 손책이었다. 좌원방을 당장 찔러 죽일 생각으로 창을 휘두르며 말을 채찍질하여 달렸지만 끝내 좌원방을 잡지 못하고 중도에 포기하고 말았던 것이다.

그 후 좌원방은 곽산(霍山)이란 곳에 은거하며 선도(仙道)의 비법을 갈현(葛玄)이란 제자에게 물려주고 백일승천하였다 한다.

양산백전

    양산백전은 작자, 연대 미상의 고전소설이다. 초현실적인 세계를 넘나들며 이루어지는 애절한 애정담이다.

    양산백은 이부상서 양현의 아들로 영대는 명문가 추이의 딸로 태어난다. 총명한 산백과 영대는 각자 수학하기 위해 운향사로 떠나 만나게 된다. 산백은 동학하던 중에 남장한 영대가 여자임을 알게 되어 가연을 맺고자 했으나 영대가 언약만 하고 귀가하니 마음을 정하지 못한다.

    영대가 부친의 강권으로 심랑과 통혼하니 산백이 이를 알고 상사병이 깊어져 영대의 왕래 길에 시신을 묻어줄 것을 당부하며 유서를 남기고 죽는다. 영대가 신행길에 유서를 받아보고 산백의 분묘에서 치제할 때 묘가 갈라지자 그

속으로 뛰어 들여간다.

두 사람의 혼이 선계에 가서 태을선인을 만나 후생연분을 맺기를 간구하여 옥황상제의 허락을 받는다. 그들은 황건역사로부터 전생에 두 사람이 정을 통하다가 옥황상제의 명으로 인간 세상에 적강하게 되었음을 듣고 환생하여 귀가한 후에 혼인한다. 변방 오랑캐가 침범하니 산백이 무과 장원급제하고 장군이 되어 출정하여 승리한다. 화락한 가운데 수복과 부귀를 누리고 부부가 함께 승천한다.

≪양산백전≫은 중국의 양축설화를 수용하여 소설화한 작품이다. 천상에서 정을 통하다가 옥황상제에게 득죄하여 적강한 남녀 주인공이 혼사장애를 극복하고 천정연분을 이루어가는 애정담이 주를 이루고 후반부에 남주인공의 영웅적인 활약을 담은 전쟁담이 이어진다. 부모의 일방적인 강권으로 인한 혼사장애를 죽음을 무릅쓰고 극복하여 당사자 간의 애정으로 맺어진 인연을 성취해가는 줄거리를 통하여 결혼에 있어서 남녀 간의 사랑의 소중함을 깨우치는 근대적인 의식을 보여준다. 한편 중매인에 의한 통혼과 부모의 이혼권 행사에 의해 가문의 안정과 번영을 중심으로 혼인이 결정되던 조선시대 혼인관습의 문제점을 드러내고 있다.

양산백은 출생과정, 죽음과 재생의 과정을 거쳐 결혼하는 과정, 결말의 승천 장면 등 사건전개의 중요 요인으로 초현실적 세계의 개입에 의한 애정성취는 당사자의 애정과

의사가 존중되는 결혼이 현실적으로는 쉽지 않은 한계를
역설적으로 나타내는 것이기도 하다.

주무랑마봉

주무랑마봉은 아세아 대륙 히말라야 산맥 정상에 있는 봉우리이다. 세계에서 가장 높은 산으로 네팔과 중국 사이에 경계가 분명하지 않은 국경을 이루며 대략 북위 28°, 동경 87° 지점에 솟아 있다. 불모지인 3개의 능선(남동쪽, 북동쪽, 서쪽 능선)에서 2개의 정상이 각각 8,844.43m(주무랑마봉)와 8,748m(남봉) 높이로 솟아 있다.

주무랑마봉은 서장 고원 위에 약 3,600m로 솟은 북동쪽 기슭에서 바로 볼 수 있으나 네팔에서는 주무랑마봉 기슭 주변에 솟아 있는 창체(북쪽 7,553m), 쿰부체(북서쪽 6,640m), 눕체(남서쪽 7,855m), 로체(남쪽 8,516m) 산과 같은 낮은 봉우리들에 가려 정상이 보이지 않는다.

대(大)히말라야 산맥은 마이오세(700만~2,600만 년 전)에 인도 대륙과 서장 고원이 부딪히면서 퇴적 분지가 압력을 받아서 형성되기 시작했다. 주무랑마봉은 대기권을 지나 산소가 희박한 성층권의 2/3 지점까지 솟아 있어 산소 부족과 강풍, 혹한 때문에 정상부의 비탈에는 어떠한 동식물도 살 수가 없다. 비는 내리지 않고 계절풍이 부는 여름 동안 눈이 내려 눈더미를 이룬다. 이 눈더미는 증발선(蒸發線) 위에 있기 때문에 보통 밑으로 흘러 빙하를 이루는 넓은 만년설(부분적으로 결빙된 싸라기눈) 분지를 형성하지는 않는다.

따라서 주무랑마봉의 빙하는 자주 일어나는 눈사태를 통해서만 형성된다. 주요 능선으로 서로 분리된 산 측면의 빙상(氷床)은 산비탈에서 아래로 산기슭까지 뒤덮고 있으나 점점 기후가 변하기 때문에 조금씩 뒤편으로 물러나는 경향을 보인다. 정상부는 북서풍이 거세게 불기 때문에 겨울 동안 비교적 눈이 쌓이지 않는다.

빙하로는 캉슝 빙하(동쪽), 주 빙하인 동(東)롱부크 빙하(북쪽), 서(西)롱부크 빙하(북서쪽), 푸모리 빙하(북서쪽), 쿰부 빙하(서쪽과 남쪽), 서(西)쿰 빙하가 있다. 이 가운데 서쿰 빙하는 로체 산과 눕체 산을 잇는 능선과 주무랑마봉 사이에 있는 폐쇄된 얼음 계곡이다. 주무랑마봉에서는 수로(水路)가 남서쪽과 북쪽, 동쪽으로 뻗어나간다. 쿰부 빙하

는 녹아서 네팔의 로부지아콜라 강으로 흘러들며 로부지아
콜라 강은 남쪽으로 임자콜라 강과 두드코시 강의 합류 지
점까지 흘러간다. 서장의 강인 롱추 강과 칼마추 강은 주무
랑마봉 기슭의 푸모리, 롱부크, 캉슝 빙하에서 각각 발원한
다. 롱추 강과 두드코시 강 유역은 정상으로 연결되는 북쪽
과 남쪽 진입로 구실을 한다.

오래 전부터 그 웅장한 크기와 높이 때문에 서장어로 '초
모룽마'(세계의 어머니 여신이라는 뜻)라고 불렀으나 1852년
에 인도 정부 측량국을 통해 지상에서 가장 높은 산으로 확
인되었다. 이전에는 '15호 봉우리'라는 명칭으로 불렀으며
1865년 이후 인도 측량국장을 지낸 영국인 관리 조지 에버
리스트 경(1830~43 재임)의 이름에서 따온 현재의 이름으로
부르게 되었다.

정상부는 강설량, 인력(引力)의 변화, 빛의 굴절에 따라 고
도가 달라졌기 때문에 정확한 고도에 대해 논쟁이 벌어지기
도 했다. 지금 공인된 주무랑마봉의 고도(8,848m, 안팎으로
약간의 차이가 있음)는 1952~55년에 인도 측량국을 통해 확
인된 것이다. 1953년 영국의 존 헌트(John Hunt)가 처음으로
등반에 성공하였다. 높이는 8,848m였다. 새로 측정한 주무랑
마봉(에베레스트산) 해발 높이는 정확히 8,844.43m라고 중국
국가측회국이 발표했다.

주무랑마봉을 오르려는 시도는 1920년 서장 등반로가 열

리면서 시작되었다. 그러나 남동쪽 능선과 북동쪽 능선에서 각각 3회(1951~52), 7회(1921~38)에 걸쳐 시도된 등정은 차갑고 건조한 공기, 거센 바람, 험한 지형, 높은 고도 등 때문에 실패했다.

주무랑마봉 정상 등정은 1953년 '왕립지리학회'와 '히말라야 공동 산악위원회'의 지원을 받은 한 원정대에 의해 마침내 이루어졌다. 이들은 특수절연 등산화 및 등산복을 착용하고 개폐회로 산소 공급 장치, 휴대용 무전기 등의 장비를 갖추고 쿰부 빙폭(氷瀑)과 쿰부 빙하, 서쿰 빙하를 거쳐 로체 산과 그 정면에 있는 해발 7,986m의 바위 능선인 사우스콜까지 이르는 등반로에 8개의 캠프를 설치했다.

1953년 5월 29일 마지막 캠프에서 출발한 뉴질랜드 출신의 에드먼드 힐러리와 네팔인 셰르파 텐징 노르가이는 남동쪽 능선을 오른 후 남봉을 지나 정오 무렵 정상에 이르렀다. 그 후 여러 나라에서 후원하는 수많은 원정대가 등반을 시도했으며 그 가운데 많은 경우가 성공했다.

1963년 2명의 미국인이 아무도 오른 적이 없는 서쪽 능선 길을 택해 정상을 정복하고 사우스콜로 하산함으로써 처음으로 주무랑마봉 횡단에 성공했다. 일본의 준코 다베이는 1975년 5월 16일 네팔인 앙 체링의 안내로 여성으로서는 최초로 정상에 올랐다. 1975년 9월 25일 2명의 영국 등반가들이 주무랑마봉 남서쪽 능선을 통해 처음으로 정상에 올랐으며 1980년 5월 11일에는 2명의 일본인들이 서장 쪽 북벽을 통한 첫 번째 등반에 성공했다.

김산은 어떤 사람인가?

　김산(金山)은 원명이 장명이며 1905년 3월에 조선 편안남도 용천군에서 태어났다. 그는 1925년에 중국 광주에 가서 중국공산당에 가입하고 황포군관학교 교원으로 들어갔다.

　광주봉기가 실패한 후 1928년 1월에 해륙풍 소비에트 구역에 간 김산은 소비에트 정권을 보위하는 성스러운 싸움에 반년 동안 참가하였다. 광주에서 철퇴해 온 조선족 혁명가들이 거의 다 희생된 이 눈물겨운 싸움에서 구사일생으로 죽음을 면한 그는 1929년 봄에 북경에 파견되어 중공북경시위원회 조직부장직을 맡았다.

　1930년 12월 9일, 김산은 북경당국 경찰들에게 체포되었다. 그는 단식투쟁을 벌여 적과 투쟁하였으며 적들의 갖은 혹형에도 굴하지 않고 투쟁하였다. 아무런 증거도 쥐지 못한 적들은 하는 수 없이 그를 석방하였다. 1931년 6월에 북경에 돌아온 그는 자신의 '옥중투쟁' 경과를 조직에 회보하였다. 그의 말을 들은 동지들은 그를 '불사조'처럼 살아왔다고 기뻐하였다.

그러나 그의 석방에 대해 의심한 조직에서는 그의 조직관계를 회복시켜 주지 않았다. 그러나 그는 보정에 가서 이대소가 친히 꾸렸던 제2사범학교에 가서 좌파학생들을 모아 학생운동을 벌였다.

1933년 5월에 그는 또 경찰들에게 체포되었다. 그는 갖은 혹형 앞에서도 굴하지 않고 적들이 쓰라는 '자백서'를 쓰지 않았다. 감옥에서 그는 수인복을 입고 땅파기 일을 하면서 '벌금'을 물어야 했다. 경찰은 확실한 증거를 쥐지 못했기에 또 그를 석방하였다.

1934년 1월에 그는 또다시 북경으로 돌아왔으나 조직에서는 여전히 그를 의심하였다. 그를 믿어주는 동지들은 '불사조처럼 살아야 한다.'고 격려해 주었다. 1935년 9월에 그는 석가장에 가서 일본말강습반을 꾸리면서 당지 철도노동자들을 모으고 새 당원들을 받아들여 몇몇 중점지점들에 당지부나 당 소조를 세워주었다. 그가 발전시킨 당원과 당 조직은 후에 중공하북성위원회의 승인을 받았으며 이 토대 위에 1936년 1월에는 중공석가장시사업위원회가 건립되었다.

1936년 5월에 김산은 조선족 혁명가들을 더욱 잘 단합시키기 위하여 상해로 가서 '조선민족해방동맹'을 조직하고 그 중앙위원으로 당선되었다. 같은 해 8월에 그는 섬감녕변구주재 조선민족해방동맹 대표로 연안에 갔다. 당중앙소재지에서 그는 자신의 당적을 회복하려는 간절한 마음을 품고 꾸준히 사업하였다.

1937년 초여름, 미국의 이름난 여류작가 님 웨일즈는 연안에서 김산을 만나 그의 과거사를 듣고 그를 '동방의 거인'이라고 하면서 그의 전기를 쓰기로 하였다. 그러나 당시 일제 특무기관에서 그를 계속 추적하고 있는 형편에서 그의 진짜 이름을 쓸 수 없었다. 그는 광주봉기 때 '한산'(寒山)이란 이름을 썼던 생각이 들어 이를 님 웨일즈에게 이야기하니 웨일즈는 그에게 "그대는 '차디찬 산'이 되어 암흑과 겨뤘습니다. 그대는 '금빛 나는 산'이 되어 세상에 광명을 줄 것입니다!"라고 하면서 그의 이름을 '금빛 나는 산'이란 뜻이 담긴 김산(金山)이라고 고쳐 책을 쓰겠다고 하였다 1941년 웨일즈가 미국에서 출판한 《아리랑의 노래》가 바로 이 책이다. 이로부터 그의 이름을 장명으로부터 김산이라고 부르게 되었다.

1938년에 김산의 역사를 심사한 섬감녕변구 보안처에서는 그에게 억울한 누명을 씌우고 비밀리에 처단하였다. 그 때 그의 나이는 33살이었다.

그때로부터 45년이 지난 1983년 1월에 중공중앙 조직부에서는 "김산 동지의 명예를 회복하고 당적을 회복한다."고 선포하였다. 김산은 실로 '영원히 죽지 않는 불사조'이다.

안중근의 의거

1909년 10월 26일, '동방의 모스크바'로 불리는 하얼빈에서 세계를 놀래온 사건이 일어났다. 중국 땅에서 안중근 의사가 조선침략의 괴수인 일본추밀원 원장 이토 히로부미를 사살한다. 이 사건으로 말미암아 안중근 의사는 1910년 3월 26일 일제에 의해 여순 감옥에서 교살한다.

안중근(아명 안응칠)은 1879년 9월 2일, 조선 황해도 해주에서 태어났다. 할아버지는 진해현감을 지낸 인수(仁壽)이며 아버지는 진사 태훈(泰勳)이다. 태어날 때 배에 검은 점이 7개가 있어서 북두칠성의 기운으로 태어났다는 뜻으로 어릴 때에는 응칠(應七)이라 불렀는데 이 이름을 해외에 있을 때 많이 사용했다. 그의 배와 가슴에 검은 기미 일곱 개가 북두칠성 모양으로 생겼다. 북두칠성을 불교에서는 탐랑(貪狼), 거문(巨門), 녹존(祿存), 문곡(文曲), 염정(廉貞), 무곡(武曲), 파군(破軍) 따위 일곱 개의 별을 이른다. 밀교(密敎)에서 이것을 섬기면 천재지변 따위를 미리 막을 수 있다 하여 북두 만다라(曼陀羅)를 본존(本尊)으로 하는 북두법이 최대 비법이었다. 천문학에서는 큰곰자리에서 국자 모양을 이루며 가장 뚜렷하게 보이는 일곱 개의 별을 말한다. 이름은 각각 천추(天樞), 천선(天璇), 천기(天璣), 천권(天權), 옥형(玉衡), 개양(開陽), 요광(搖光)이라 하며 앞의 네 별을 괴(魁), 뒤의 세 별을 표(杓)라 하고 합하여 두(斗)라 한다. 위치는 천구(天球)의 북극에서 약 30도 떨어져 있으며 천추와 천기를 연장한 곳에 북극성이 있다. 국자의 자루 끝에 있는 요광은 하루에 열두 방위를 가리키므로 옛날에는 시각(時刻)의 측정이나 항해의 지침으로 삼았다. 광명의 기운을 타고난 안중근을 처음엔 애명으로 '칠성', '응칠'이라고 부르다가 국토에 뿌리박고 선 기둥이라는 뜻으로 '중근'이라 했다. 영웅호걸은 어려서부터 장수풍채가 있지 않을까?

1884년 갑신정변 이후 개화당의 일원이었던 아버지가 황해도 신천군 두라면 청계동으로 피신했다. 이곳에서 아버지가 세운 서당에서 공부를 했으나 사서오경에는 이르지 못하고 ≪통감≫ 9권까지만 마쳤다. 말타기와 활쏘기를 즐겼고 집 안에 자주 드나드는 포수꾼들의 영향으로 사냥하기를 즐겨 백발백중 명사수로 이름이 났다.

1894년 갑오농민전쟁이 일어나 해주감사의 요청으로 아버지가 산포군(山砲軍)을 조직해 농민군을 진압할 때 참가하여 '박석골전투' 등에서 기습전을 감행, 진압군의 활동에 큰 도움을 주었다. 1895년 아버지를 따라 천주교에 입교하여 토마스[多默]라는 세례명을 받았다. 천주교를 통해서 신학문에 관심을 가졌으며 신부에게 프랑스어를 배우기도 했다. 한때 교회의 총대(總代)를 맡았고 뒤에 만인계(萬人契: 1,000명 이상의 계원을 모아 돈을 출자한 뒤 추첨이나 입찰로 돈을 융통해주는 모임)의 채표회사(彩票會社: 만인계의 돈을 관리하고 추첨을 하는 회사) 사장을 지냈다. 17세에 결혼해 2남 1녀를 두었다.

어릴 때부터 아버지의 애국정신의 영향을 크게 받아 안중근은 나라를 구하려는 결심을 키웠다. 청년시절 과학구국의 도리를 깨닫고 교육계몽 사업에 투신하여 나라를 찾으려고 하였다. 그러나 1907년에 이르러 일제의 조선병탄의 시도가 노골화됨에 따라 그는 오직 무력으로 일제를 물리쳐야 나라를 찾을 수 있다는 것을 깨닫고 의병활동이 활약적이던 동북으로 오게 되었다.

용정에 온 안중근은 명동에 자리 잡고 의병양성의 꿈을 키우며 나라의 독립을 되찾기 위해 부지런히 무예를 익혔다. 당시 용정에는 조선통감부파출소가 자리를 틀고 있었으므로 안중근은 이곳에서의 의병양성이 어렵다고 느끼고 다시 러시아의 블라디보스토크로 가게 되었다. 그곳에서 그는 독립운동의 선배인 이범윤(李範允)을 만나 '창의회'라는 조직의 이름으로 군자금을 모아 청년들을 조직하여 국내진격 전투를 여러 차례 벌였다.

필자의 고향은 용정시 하우동이다. 고향집 윗마을인 상우동은 안중근 의사가 반일활동으로 피신했던 곳이다. 덕신사 장동골에서 밤도와 도보로 상우동 황씨 성을 가진 농가에서 밤을 묵어간 안중근은 당시 하얀 두루마기를 입고 걸음도 날렵하게 신출귀몰했단다. 매번 고향집을 다녀올 때마다 안중근영웅의 발자취를 되새기게 된다.

안중근 의사는 일찍 1905년 가을에 블라디보스토크로 가는 길에 장골에 잠간 들렸다. 그는 당시 국민회 책임자로 일하던 마영호를 만나보고 황혼 무렵에야 장골을 떠나 영동막치기인 상우동 황씨네 집에서 하룻밤 주숙하고 이튿날 새벽에 길을 떠났다.

그 후 안중근은 지신의 성교촌 일대에 와서 반일활동을 빈번하게 벌였었다. 상우동이 바로 내 고향의 윗마을이다. 그러니 안중근이 바로 나의 고향마을을 지나갔다는 감격적인 증명이 아니고 뭔가! 영웅의 발자국이 별처럼 찍혀 있는 고향의 시골길은 그래서 더 다정하고 그래서 더 걷고 싶은 것이리라! 그날 밤 따라 북두성은 유난히도 반짝였으리라.

필자의 마을에서 서쪽으로 고개를 하나 넘으면 곧 성교촌이다. 성교촌 아래에 바로 윤동주모교와 선바위가 자리잡고 있다. 안중근이 지나간 마을언덕을 유심히 살펴보노라니 영웅의 발자취소리라도 들릴 것 같아 무척 가슴이 활랑거리군 한다.

1909년 10월 조선 및 중국 침략정책의 수행자이며 일본군국주의 거두이며 조선침략의 원흉인 이등박문을 하얼빈역에서 저격하기 위하여 능란한 사격수준에도 불구하고 지금의 용정시 지신향 명동소학교 뒤 문암동을 가만히 찾아갔다. 그가 명동에서 비밀리에 저격연습을 한 원인은 당시이곳이 조선독립운동 활동중심이었기에 밀정이나 특무에게발각될 위험이 없었기 때문이다.

안중근은 항일무장투쟁의 대업을 이루기 위해 명동에 이르렀다. 여기에서 한때 동만의 대통령으로까지 불린 김약연과 대사를 도모하기까지 했었다. 용정에서 반일계몽교육의요람이고 저항시인 윤동주의 모교 - 사립명동학교의 옛터 -인 명동촌으로 가는 도중 승지촌에 도착한다. 승지촌에서명동방면으로 약 10리 올라가노라면 깎아지른 듯한 선바위가 서 있는데 이 선바위 앞마을이 바로 문암동이다. 당지노인들의 회억과 일부 자료에서 문암동 선바위는 안중근 의사가 이등박문을 사살하기 위해 권총연습을 하였던 유적지이다. 민족의 울분과 비애를 덜고 조국의 독립을 찾고자 하는 거사인데 약간의 실수도 용서할 수 없기에 그는 열심히 침착하게 실탄사격을 연습했다.

1909년 용정에 온 안중근은 명동에 자리 잡고 선바위골 덕신사 만지기에서 구슬땀을 흘리며 무예를 훈련했다. 안중근은 두 달 동안 문암동에 기거하면서 문암골에서 바위를 이등박문으로 간주하고 총 쏘기 연습을 익혔다. 그는 어려서부터 한학(漢學)을 수학하고 승마, 궁술, 사격술을 익혀 문무(文武)를 겸했다. 그런데 안중근의 선바위사격연습이나 만지기사격장 일화가 이론이 없는 것은 아니다. 물론 사학계에서 이슈를 몰아오는 쟁의점이라지만 이는 먼 훗날의 레이저복사투영과 천공광합기술로 가능할 고증부분이렷다.

안중근의 중국 경내 활동반경은 아주 넓었다. 산동, 상해 등 대도시뿐만 아니라 연변판도에도 그의 발자국은 여러 곳에 뚜렷이 찍혀 있다. 필자의 고향도 그중의 하나의 지대이라겠다. 용정의 상우동, 장골, 성교촌, 명동 그리고 훈춘의 방천, 구사평, 대두천, 권하, 금당 등 지대에서 안중근은 반일활동을 줄기차게 펼쳐나가지 않았는가!

안중근 의사가 거사 직전 훈춘 금당촌에서 한 달 나흘 동안 묵으면서 거사계획을 세우고 금당촌에서 몇몇 유지들의 경제적인 지원으로 러시아로 떠났다. 안중근은 조선의 유명한 항일의병장, 독립군장령들인 문창범, 이동휘, 김규식, 김규면 등과 함께 의병항쟁, 독립전쟁에서 활약했다.

안중근이 늘 드나든 금당촌은 왜 독립군마을로 되었을까? 첫째, 1905년 한일 을사5조약 이후 1910년 조선 국치(國恥)전후에 이르는 사이에 노령 연해주 블라디보스토크 서북쪽 신한촌에 망명, 집결한 조선 국내의 저명한 애국계몽운동자와 항일의병장들의 독립군기지 경영 및 독립군 조직, 양성계획에 의해 금당촌 독립군이 조직되었고 독립군기지가 형성되었다. 둘째, 금당촌을 중심으로 한 경신향의 남달리 좋은 지리적 위치로 하여 금당촌은 독립운동자기지로 경영되었고 따라서 블라디보스토크 신한촌에 모인 수많은 조선의 의병장들, 독립운동가들이 활동하며 노령을 넘나들던 길목으로 되었다. 셋째, 금당촌이 20세기 10년, 20년대에 독립군기지, 독립군마을로 될 수 있게 된 다른 하나의 중요한 원인은 19세기 말부터 있은 청나라 변경정책의 변화와 독립군의 활동에 대한 흑정자 주둔 중국육군부대 마병지휘관들의 지지와 보호에 있다.

금당촌은 경신향의 둘째 늪과 셋째 늪 사이에 자리 잡은 마을로서 흑정자, 삼도포자, 셋째 늪 등이라고도 한다. 흑정자는 금당, 경신이란 지명 먼저 생긴 20호 좌우의 경신 첫 동네인 한족 툰인데 후에는 금당촌에 소속되었으므로 금당촌을 흑정자라고도 부른다. 금당촌은 삼각산 남쪽 기늙의 경신에서 유일한 첫 한족동네인 흑정자를 뒤에 두고 네호 동네, 윗마을, 아랫마을, 태행촌, 넷째 늪 등 마을로 커져 1910년대에 벌써 100여 호인 경신향에서 제일 큰 마을로 되었다.

그때는 바로 1905년 한일 을사5조약의 체결과 1910년 경술국치로 망국을 예견한 안중근을 포함한 수많은 조선 항일의병장들이 국외 독립군기지 건설을 위해 노령 연해주의 연추, 신한촌에 집결할 즈음이었다. 금당촌은 그 항일의병장들이 조, 중, 러 3개국 국경을 넘나드는 길목으로 되었을 뿐만 아니라 그들이 직접 경영한 독립군기지로 재빨리 확대되어 1920년대에는 400여 호의 큰 마을로 급성장했다. 시초에는 두만강 남안에 살던 사람들이 고국, 고향을 멀리 떠나기 아쉬워 두만강 건너 경흥읍 대안에 자리 잡은 원인으로 웅기 집, 경흥 집, 원정굴 집, 고읍 집, 나산개 집, 신아산집, 무산 집으로부터 회암동 집, 아오지 집이 대부분이었고 후에는 해삼 집, 연추 집, 창령 집 등등 노령 연해주에서 전주하여 온 집들도 많았고 그 후에는 평양, 곡산, 충청도, 전라도 등 이남에서 온 사람들도 적지 않았다. 금당이란 이름은 금당개척자 원로이고 금당독립군의 조직자이고 숭산학교의 학감, 유지인 오계원이 지었다.

금당촌은 1909년 10월 26일 일본 추밀원(樞密院) 의장이며 전 조선 통감(統監)이며 조선침략의 원흉인 이등박문(伊

藤博文)을 하얼빈 역두에서 사살한 조선독립군 의병장 안중근 의사가 약 3년간 노령 연추, 블라디보스토크 신한촌 등지를 넘나들면서 활동한 마을이며 거사 직전 한 달 나흘 간 머물러간 마을이다. 그 근거자료들을 다음과 같이 고증한다.

금당 독립유공자 신우여의 둘째 형수 김성녀의 구술을 빌어보자.

하얼빈거사 직전 안중근이 김성녀의 윗방에서 점심을 드시고 먼 길을 떠났다. 늦었으니 이튿날 떠나시라는 만류도 마다하고 급한 일이 있다며 굳이 사양하곤 문을 나섰다. 그 후 얼마 지나지 않아 안중근이 하얼빈 역에서 이등박문을 쏴 죽였다는 소식을 접했다. 당시 안중근은 30대의 젊은이로서 보통 키에 앞뒤가슴이 딱 바라지고 담대하게 생긴 과묵한 타입이었다. 매양 김성녀 집에 오시면 정주간으로 출입하지 않고 곧장 윗방으로 들어오시면 거동이야말로 유식한 양반가정 출신에 너무나 잘 어울렸다.

해방 전에 금당촌을 떠난 원 연변버스공장 당위서기 윤권진 씨도 자기의 조부가 독립군이고 천주교인이었는데 안중근 의사가 경흥, 회령 습격에서 실패한 후 자기 집에 들르셨다는 말을 부모님께서 들은 적이 있다고 하였다. 현재 한국 서울에 있는 유일선생은 경신향 독립운동의 지도자이며 금당독립군이었던 유문관의 조카이다. 유일선생의 회억

자료에 의하면 안중근 의사가 거사 직전 금당촌 오택권네 집에 한 달 나흘간 머물러 있었으며 오택권의 조부님 오계원으로부터 권총을 사는 등의 경제적 부조를 받았단다.

이것이 바로 안중근이 하얼빈거사 직전 한 달 나흘간 훈춘에 체류했다가 신정호 댁에서 점심을 드시고 금당촌을 떠나 노령 연추로 가셨다는 사실의 전후시말이다. 노령 금추는 금당촌과 오가자산을 사이 두고 약 15km 떨어졌다. 안중근 의사가 거사 이전 3년 남짓한 동안 의병장으로 활동한 고장은 주로 남북만주와 연해주의 블라디보스토크와 연추 부근인데 연추와 15km 떨어져 있는 금당촌을 중심으로 한 경신 일대도 그가 활동한 아지트 중의 하나였음을 알 수 있다.

안중근이 하얼빈에서 이등박문을 사살한 후 감옥에 갇혔을 때 그의 모친이 두만강을 건너 금당에 와서 묵었다. 모친은 아들이 밟은 길을 몸소 밟아서 아들 보러 가신다는 것이었다. 하얀 한복 차림으로 조선어머니의 전형적인 모습을 한 그녀는 유식하며 경건한 천주교 신자였다. 동네 분들의 위로의 인사에 "내 아들은 나라독립을 위해 큰일을 해놓아 천당으로 가게 되었으니 비감할 게 없습니다!" 하고 대답하면서 눈물 한 방울 흘리지 않아 또 한 번 세인을 탄복시켰다. 가히 건강하며 정의로운 여사였다. 이런 혁명의 어머니였기에 아들도 장한 거사를 한 거라고 금당촌 사람들이 이구동성으로 감탄했다. 금당, 오가자산, 노령 연추, 블라디보스토크, 하얼빈을 거쳐 여순 감옥에서 아들을 면회했을 때도 그녀는 "내 아들은 큰일 했으니 목숨을 아끼지 말라. 일본 놈들이 내 아들을 살려줄 까닭이 없으니 비겁하게 항소하지 말라. 깨끗이 죽음을 택하는 것이 어미의 희망이다"고 천명했다.

경신이나 금당촌을 지날 때마다 결코 발걸음이 무심할 리 없다. 저도 몰래 망설이며 자꾸 일초일목을 살펴보게 된다. 안중근 의사가 거사 이전 3년 남짓 동안 의병장으로 활동하면서 의군을 거느리고 습격한 두만강 연안의 조선 홍의동, 경흥, 회령 등지는 경신향에서 육안으로 내다볼 수 있는 두만강 남안의 지점들로 경신향을 거쳐야 들어갈 수 있는 고장들이다. 이도포도 나루터도 모두 영웅의 눈빛이 머문 흔적이 금방 보일 것 같아 유심히 응시하곤 했다.

안중근 의사가 1908년 4월부터 6월 사이에 거처했던 훈춘시 경신진권하촌(현 제2촌민소조)의 한 농가는 세월의 풍상과 고초를 겪으며 초라했으나 깨끗하게 정리된 집 안은 유난히 아담하다. 안중근 의사의 초상과 관련 사진들이 안방에 정중히 모셔져 은근한 정기를 발산한다. 안중근 의사는 훈춘 일대를 7차나 오가면서 학교를 꾸리기 위해 홍보 활동을 함과 동시에 반일투쟁과 민족독립의 중요성을 홍보했다.

갑오중일전쟁 후 본세기 초에 안중근이 하얼빈에서 이토 히로부미(이등박문)를 사살하였다. 안중근 의사가 머물렀던 권하촌의 농가를 훈춘시정부에서 반일유적지로 선정했다. 훈춘시 경신진 권하촌 제2촌민소조에는 지금 4가구의 농민이 살고 있고 이 지역은 중국, 조선, 러시아 국경삼각구인 방천으로 가는 도로 옆 또한 조선 나진 선봉으로 가는 권하통상구와 마주하고 있어 수많은 관광객들에게 반일역사 교육을 실시할 수 있는 적격지역이다.

필자는 다행스럽게도 안중근의 발자취가 깃든 유서 깊은 고장들에서 태어나 공부하고 성장하였고 또 사회에 진출해서는 안중근의 체취가 숨 쉬는 활동 일대에서 사업했었다.

1905년 을사조약이 체결되자 국권회복운동을 하기 위해 상해로 갔으나 기대를 걸었던 상해의 유력자들과 천주교 신부들로부터 협조를 거절당하고 이무렵 아버지가 사망해 다시 돌아왔다. 1906년 3월에 이사한 평안남도 진남포에서 석탄상회를 경영하다가 이를 정리하고 삼흥학교(三興學校: 뒤에 五學校로 개명)를 설립하여 교육운동을 시작했다. 곧이어 천주교 계열인 남포 돈의학교(敦義學校)를 인수했다. 1907년에는 전국적으로 전개되던 국채보상운동에 적극 호응하여 국채보상기성회 관서지부장으로 활동했다.

1907년 고종의 강제퇴위와 한일신협약의 체결, 군대해산에 따라 전국적으로 의병이 일어나자 독립전쟁준비가 필요하다는 생각으로 강원도에서 의병을 일으켰다. 일본군과 싸우다가 국외에서 의병부대를 창설하기 위해서 블라디보스토크로 가서 계동청년회(啓東靑年會)의 임시사찰(臨時査察)이 되었다. 이곳에서 이범윤(李範允)을 만나 의병부대의 창설을 협의하는 한편 엄인섭(嚴仁燮), 김기룡(金起龍) 등과 함께 의병부대 창설의 준비단체인 동의회(同義會)를 조직하고 최재형(崔在亨)을 회장으로 추대했다. 이들은 연해주의 한인촌을 돌아다니며 독립전쟁과 교육운동의 필요성을 설득하고 의병을 모았다. 의병지원자가 300여 명이 되자 이범윤을 총독, 김두성(金斗星)을 대장으로 추대하고 참모중장이 되었다.

1908년 4월부터 6월 사이에 안중근은 훈춘현 경신향의 대두천, 구사평, 권하, 방천 등지에 6차나 숙박하면서 엄홍섭 등 의병 장령과 함께 작전방안을 연구하였다.

1909년 7월 초 두만강 도강(渡江)작전을 앞두고 그는 의병대 참모중장, 특파독립대장 중책으로 노오끼옙스크를 떠나 300여 명 선발부대를 영솔했다. 훈춘 장고봉을 지나 여러 갈래로 나뉘어 경흥을 향해 전진했다. 전체 대오의 은밀성을 보장하려고 낮엔 수림 속에서 자고 밤에만 행군했다. 그는 이범윤, 최재형과 함께 의용군을 조직하고 좌익장군이 되어 두만강을 건너 회령까지 진격하여 적과 교전했다. 안중근은 조선 경흥과 중국 훈춘, 러시아 클라스끼노사이를

출몰하면서 항일활동을 활발하게 전개했다. 이 기간에 안중근은 훈춘 일대에 선후하여 7차나 왕림하여 학교창설을 동원하고 항일 및 민족독립을 크게 선전했다.

이때부터 두만강 부근의 노브키에프스크를 근거지로 훈련을 하면서 국내진공작전을 준비했다. 1908년 6월에 특파독립대장 겸 아령지구군사령관으로 함경북도 경흥군 노면에 주둔하던 일본군 수비대를 격파했다. 그 뒤 본격적인 국내진공작전을 감행하여 함경북도 경흥과 신아산 부근에서 전투를 벌여 전과를 올렸으나 얼마 후 일본군의 기습공격을 받아 처참하게 패배했다.

이때 기습공격을 받은 이유는 다른 사람들의 반대에도 불구하고 전투에서 사로잡은 일본군 포로를 국제공법에 의거해서 석방해주었기 때문이라고 한다. 블라디보스토크로 돌아와 의병을 다시 일으키려고 했으나 많은 사람들의 비판을 받고 부대는 해체되고 말았다.

사연의 자초지종은 아래와 같다.

1908년 6월 안중근이 이끄는 의병부대는 두만강을 건너 함경북도 경흥 홍의동과 신아산 부근으로 일본군 공격에 나섰다. 두 달 전 경흥에 주둔 중인 일본군 수비대를 급습, 진지를 점령하는 승리를 거둔 안중근 부대는 또 다시 다수의 일본군을 사살하고 10명 가까운 일본 군인과 상인을 생포하는 전과를 올린다. 이때 안중근은 일본군 포로에 대해

석방 결정을 내렸다. 게다가 포로들에게 무기까지 돌려주었다. 교리의 이론보다 행동에 앞선 그의 진실한 그리스도의 사랑을 보여준 일화였다.

의병들은 안중근의 조치에 크게 반발했다. 일본군은 한국 의병을 생포하면 즉시 총살해왔기 때문이다. 당시 정규군인 일본군이 의병에게 식사를 제공한 조선 민간인들까지 즉결 총살하던 작태와는 너무나 대조적인 신사적인 처사요, 인도주의자로서의 안중근의 진면목을 보여주는 한 측면이라 하겠다. 그러나 안중근은 만국공법(萬國公法)을 들어 포로라도 죽여서는 안 되고 포로수용소가 없으니 석방할 수밖에 없다며 석방을 강행했다.

포로 석방으로 안중근은 혹독한 대가를 치러야 했다. 석방을 놓고 의병들 간에 갈등이 커져갔고 부대를 이탈하는 탈주병들도 나타났다. 더 비싼 대가는 석방 포로들에 의해 부대의 위치가 알려지면서 일본군의 기습공격을 받은 것이다. 그 석방한 포로들에 의해 일본군에게 위치가 노출되면서 기습공격을 받고 회령 영산에서 일군과 약 4~5시간 큰 접전을 벌였으나 중과부적으로 패퇴하였다.

안중근은 몇 명의 의병과 함께 일본군을 피해 달아나면서 열이틀 동안 단 두 끼만 겨우 얻어먹는 등 곤경을 겪으면서 연추의 의병 본거지로 돌아갔다. 안중근부대는 참패했고 이후 안중근 의병은 결성 1년도 안 돼 해체의 길로 들어섰다. 일본군을 피해 도망가는 동안 안중근이 2명의 의병에게 대세(代洗)를 주었다. 안중근은 왜 의병들의 반발을 무릅쓰고 적군인 일본군 포로를 석방했을까? 안중근은 만국공법에 입각한 인도적 처리를 주장했던 것이다. 그 이면에는 휴머니스트이자 평화주의자로서 안중근의 선의적인 진면모가 자리 잡고 있었기 때문이다.

독립전쟁의 치열한 와중에서도 안중근의 대일본 인식은 감정적인 원한에 얽매이지 않고 어디까지나 정의적인 인도에 바탕을 두고 있었던 것이다. 그는 죽고 죽이는 전쟁터에서도 도(道)의 규준에 따라 포로를 석방하였다. 그것은 높은 수준의 인도주의적 실천이기도 했다. 전투 중의 적군 사살과 포로의 사살을 분별하였던 안중근의 면모는 후일 이등박문 사살 의거가 어떠한 배경에서 이루어졌는가를 알려주는 중요한 계기가 되는 것이기도 하다. 그는 제국주의의 침략은 배척해도 일본인을 미워하지 않는 자유와 정의를 향한 높은 정신세계에서 구국운동을 전개하였고 그 같은 기반 위에서 동양 평화를 구상하였다.

당시 서양세력의 침략이라는 위기를 극복하기 위한 방안으로 제시된 안중근의 동양 평화론은 동양 삼국이 각기 독립의 상태를 유지한 가운데 단결을 이루는 것을 핵심으로 삼았다. 그러나 동양 평화를 이루기 위해서는 일본의 침략성을 막는 것이 전제되어야 했고 그런 점에서 일본제국주의 침략의 원흉인 이등박문의 포살 의거는 한국의 독립뿐 아니라 동양 평화를 위한 염원에서 결행된 역사적 대사건 이었다.

그러나 그는 의지를 꺾지 않고 1909년 봄 연추에서 김기렬, 백염길, 박근식, 김태련, 안기린, 이주천 등과 함께 조선침략의 원흉들과 '을사오적'을 처단키로 맹세하고 '7인단지동맹'(7人斷指同盟)을 맺고 혈서를 써서 조선독립을 쟁취해야겠다는 굳은 결심을 내리었다. 때는 조선의 국운이 거의 허물어져 바야흐로 망국의 변두리에서 몸부림치고 있었다. 바로 이런 때에 러시아에서 안중근은 이토 히로부미가 하얼빈으로 온다는 소식을 접하게 되었다.

그럼 이토 히로부미는 어떤 자인가? 이토 히로부미(伊藤博文)는 조선을 침략한 원흉이며 일본 조선통감부 제1임 통감으로서 고종을 핍박하여 '을사조약'을 체결하고 이로 인하여 조선을 도탄 속에 밀어 넣은 자였다.

당시 러일전쟁에서 일제의 승리와 차르러시아의 패배는 극동에서의 제국주의자들의 세력대비와 그들의 상호관계에 커다란 변화가 일어나게 하였다. 조선에서 러, 일 양국의 대립은 일제의 독점으로 변해버렸고 중국동북에서의 러시아의 독점지위는 일·러 양국의 분할상태로 대체되었다. 러일전쟁 후 미일 간의 모순이 점차 격화되었으며 이로 인하여 일본은 차르러시아의 지지가 필요하였다. 반대로 러시아는 남만에서 일제에게 빼앗긴 손실을 북만에서 보상한다는 정책 아래 역시 영미자본의 만주침투를 극구 억제하면서 북만을 확보하는 동시에 점차 중국 관내에로 세력을 뻗치려 하였으며 일본의 지지가 필요했던 것이다.

바로 이러한 상황에서 이토 히로부미는 일본과 러시아 간의 과거의 모순을 해결하기 위하여 중국으로 왔다. 그는 러시아와 일본의 특수권익을 제3국이 반대할 경우에는 두 나라가 단합하여 그 나라를 고립시키자는 음모를 꾸몄으며 1907년에 비밀협약을 체결한 후 그 협약을 구체화시키려고 만주에 와서 러시아의 재정대신 코코프체프와 '만주현안'(滿洲懸案)을 협상하게 되었다.

이 기회에 안중근은 이토 히로부미를 죽여 민족의 원한을 풀려고 작심했다. 그는 인차 동지들인 이강, 유진률, 김성무, 정재관, 우덕순, 윤효능 등 반일지사들과 함께 방안을 토의했다. 결과 거사의 책임을 안중근이 맡기로 결정했다.

1909년 10월 21일, 안중근은 동지들의 배웅을 받으며 우덕순, 유진률과 함께 블라디보스토크를 떠났다. '동방의 파리'로 불리는 하얼빈은 일찍 19세기 말부터 차르러시아가 동북을 침략하면서 거점으로 건설하기 시작했고 또 중동철도건설과 더불어 번창해진 북만지구의 정치, 경제, 문화의 중심지였다.

1909년 3월 2일 노브키에프스크에서 함께 의병활동을 하던 김기룡, 황병길, 강기순, 유치현, 박봉석, 백낙규, 강두찬, 김백춘, 김춘화, 정원식 등 12명이 모여 단지회(斷指會: 일명 단지동맹)라는 비밀결사를 조직했다. 그는 침략의 원흉 이토 히로부미를 암살하기로 하고 3년 이내에 성사하지 못하면 자살로 국민에게 속죄한다고 맹세했다.

9월 블라디보스토크의 ≪원동보≫(遠東報)와 ≪대동공보≫(大東共報)를 통해 이토가 북만주 시찰을 명목으로 러시아의 대장대신(大藏大臣) 코코프체프와 회견하기 위하여 온다는 정보를 입수했다. 하얼빈과 채가구(蔡家溝)를 거사장소로 설정하고 채가구에 우덕순과 조도선을 배치하고 그는 하얼빈을 담당했다. 큰 뜻을 품고 동지 우덕순과 함께 하얼빈에 도착한 후 안중근은 우덕순은 채가구에서, 자기는 하얼빈 역에서 각기 거사하기로 약속했다.

채가구에서 대기하던 우덕순은 한 러시아인이 경영하는 여관에 투숙하고 대기하고 있었다. 그런데 여관주인이 우덕순을 수상한 사람으로 짐작하고 이토 히로부미가 탄 기차가 채가구 역을 지나가는 시간에 몰래 여관문을 밖으로 채워놓아 거사 기회를 놓치게 하였다.

한편 안중근은 10월 26일 아침 일찍 하얼빈 역 대합실에서 긴장한 마음을 달래며 기다리고 있었다. 오전 9시 이등박문이 탄 차가 서서히 역구에 도착해 멈춰 서자 플랫폼에서 대기하고 있던 코코프체프는 차에 올라 이토 히로부미와 인사를 나누고 함께 기차에 내리었다. 일본인 환영대열에 끼여 플랫폼에 나온 안중근은 러시아 명례의병대 뒤에 다가섰다.

이때 이토 히로부미는 코코프체프의 안내에 따라 의병대를 사열하고 하얼빈 주재 외국 영사단 앞에 이르러 악수를 나누고 되돌아서고 있었다.

이토가 코코프체프와 열차에서 회담을 마친 뒤 러시아 의장대를 사열하고 환영군중 쪽으로 가는 순간 권총을 쏘아 이토에게 3발을 명중시켰다. 이토 히로부미를 확인한 그는 바로 이 시각이라고 단정하고 거사를 했던 것이다. 실로 대장부가 뜻을 이루었다고 할 수 있다. 이어서 하얼빈 총영사 가와카미[川上俊彦], 궁내대신 비서관 모리[森泰二郎], 만철(滿鐵), 이사 다나카[田中淸太郎] 등에게 중경상을 입힌 뒤 "조선독립만세!"를 외치고 현장에서 체포되었다.

러시아 검찰관의 예비심문과 재판과정에서 한국의병 참모중장이라고 자신을 밝히고 이토가 대한의 독립주권을 침탈한 원흉이며 동양평화의 교란자이므로 대한의용군사령의 자격으로 총살한 것이며 안중근 개인의 자격으로 사살한 것이 아니라고 거사동기를 밝혔다. 러시아 관헌의 조사를 받고 일본 측에 인계되어 여순 감옥으로 옮겨졌다. 관동도독부 지방법원에서 여러 차례의 재판을 받는 동안 "나는 의병의 참모중장으로 독립전쟁을 했고 참모중장으로서 이토를 죽였으니 이 법정에서 취조받을 의무가 없다"라고 재판을 부정하고 자신을 전쟁포로로 취급하여 줄 것을 요구했다.

또한 일본검찰에게 이토의 죄상을 명성황후를 살해한 일, 1905년 11월에 한일협약 5개조를 체결한 일, 1907년 7월 한일신협약 7개조를 체결한 일, 양민을 살해한 일, 이권을 약탈한 일, 동양평화를 교란한 일 등 15가지로 제시하고 자신의 정당성을 밝혔다. 당시 국내외에서는 변호모금운동이 일어났고 안병찬과 러시아인 콘스탄틴 미하일로프, 영국인 더글러스 등이 무료변호를 자원했으나 일제는 일본인 관선변호사 미즈노[水野吉太郎]와 가마타[鎌田政治]의 변호조차 허가하지 않으려 했다.

1910년 2월 14일 사형선고를 받고 3월 26일 여순 감옥에서 사형당했다. 1962년 건국훈장 대한민국장이 추서되었다.

안중근을 재판하였던 일본인 平石 고등법원장도 "기독교를 싫어함에도 안 의사의 깊은 신앙심에는 고개를 숙였다."라고 말하였으며 안중근의 담당변호사 역시 안중근의 인격과 죽음을 맞이하는 초인 같은 자세에 탄복한 나머지 "구도(求道)할 뜻을 느끼고 즐기던 술도 끊고 신자가 되려고 교회에 다니고 있다."라고 말하였지 않았던가! 이에 대해 당대 일본의 지도적 성공회 목사였던 植村正久는 "안 의사의 신앙이 얼마나 독실(篤實)했기에 담당변호사에게까지 큰 감명을 주었겠는가! 나는 다시 한 번 놀라지 않을 수 없었다."라고 탄복해마지 않았다.

하지만 안중근 의사에 대한 평가가 엇갈린 적도 없지 않다. 안중근은 조선민족영웅이 아니라 개인적인 보복으로 이등박문을 싸죽였다는 둥, 불순한 동기로 살인을 하였다는 둥 안중근 의사를 음해하는 말들로 진실을 왜곡하려는 세력들이 많았다.

그럼 안중근이 이등박문을 죽인 그 거사 이유를 알아보자. 도합 15가지 조목으로 된 의거 내용은 그가 여순 감옥에서 진술한 것이다.

1. 조선의 민황후를 시해한 죄
2. 조선 황제를 폐위시킨 죄
3. 5조약과 7조약을 강제로 맺은 죄
4. 무고한 조선인들을 학살한 죄
5. 정권을 강제로 빼앗은 죄
6. 철도, 광산, 산림, 천택(川澤)을 강제로 빼앗은 죄
7. 제일은행권 지폐를 강제로 사용한 죄
8. 군대를 해산시킨 죄
9. 교육을 방해한 죄
10. 조선인들의 외국 유학을 금지시킨 죄
11. 교과서를 압수하여 불태워버린 죄
12. 조선인이 일본인의 보호를 받고자 한다고 세계에 거짓말을 퍼뜨린 죄
13. 현재 조선과 일본 사이에 분쟁이 쉬지 않고 살육이 끊이지 않는데 태평무사한 것처럼 천황을 속인 죄
14. 동양 평화를 깨뜨린 죄
15. 일본 천황의 아버지 태황제를 죽인 죄

하지만 이런 당당한 논거임에도 안중근은 결국 순국을 면치 못했다. 아마 그의 원혼이 지금 어느 하늘 위에서 떠돌며 하소연할지도 모른다. 안중근은 최후의 순국 5분 전까지 어머니가 지어준 옷을 정히 입고 침착하고도 당당하게 정의를 주장했다. 죽음을 초개같이 여긴 투사의 비장미였다. 처형되기 전날에도 죽음을 대하기를 마치 자기 집이라도 돌아가듯이 마음을 평안하게 가졌다.

여순 감옥에서 사형집행을 앞두고 그의 어머니 조안나와 두 동생 정근(定根), 공근(恭根)과 홍 신부에게도 신앙체적인 편지를 띄워 이 세상에 고별인사를 잊지 않았다. 특별히 자기를 단죄한 민(閔) 주교에게 죄인인 자신을 불쌍히 여기고 주대전에 기도하여 속히 승천의 은혜를 얻게 해달라는 간절한 내용과 천주 예수님의 특은을 입어 고백 영성체의 비적(秘蹟) 등 모든 성사를 받은 결과 심신이 다 평안하다는 소식과 주교와 모든 신부들이 힘을 합쳐 조선을 그리스도화해 줄 것을 진심으로 부탁하는 내용으로 유서와 다름없는 편지를 보냈다. 이러한 안중근의 그 깊은 신앙심에 대한 놀라움은 과거에도 오늘날에도 많은 사람들로 하여금 감탄과 존경심을 자아내게 한다.

이토 히로부미를 죽인 후 안중근은 감옥에서 불공정한 심문을 받았다. 하얼빈에서 검찰관이 다섯 살 나는 안중근의 아들에게 아버지 사진을 보이며 이것이 네 아버지가 맞느냐 하고 물으니 아들이 옳다고 대답했단다. 아들은 아버지와 두 살 때 헤어졌는데 삼 년 후에도 아버지 모습을 재확인하다니? 어이없고 황당한 일이었다. 한일관계와 관련하여 이토 히로부미를 죽인 안중근의 거사를 모함한 한 가지 죄증이다. 거사는 개인적인 영웅주의 출발이 아니라 한일관계와 관련하여 결행한 거라고 안중근은 법원심리에서 줄곧 고집했다. 개인적인 영웅심과 민족의 근본적인 이익을 혼돈하지 않았다. 가히 시대의 영웅다운 행보였다.

그런데 사건 심리에 있어서 재판장을 비롯하여 변호인과 통역까지 일본인만으로 구성했다. 또 변론 등도 그 요지만을 통역해서 들려주기 때문에 피고로서의 안중근은 공정성을 가질 수 없었다. 검찰관이나 변호인의 변론을 들어보면 모두 이등박문이 통감으로서 시행한 시정 방침은 완전무결한 것이며 안중근이 오해하고 있다는 편파성이 위주였다.

1905년의 5개조 보호 조약은 황제를 비롯하여 한국국민 모두가 보호를 희망했던 것은 아니다. 그런데 이등박문은 한국 상하의 신민과 황제의 희망으로 조약을 체결한다고 말하며 일진회(一進會)를 사주하여 그들을 운동원으로 만들고 황제의 옥새와 총리대신의 부서가 없는데도 각 대신을 돈으로 속여 조약을 체결했기 때문에 이등박문의 정책에 대해 당시 뜻있는 사람들은 크게 분개하여 유생 등은 황제에게 상주(上奏)하고 이등박문에게 건의했다. 황제의

밀사로 이상설이 헤이그의 평화회의에 가서 호소하기를 5개조의 조약은 이등박문이 병력으로 체결한 것이니 만국공법에 따라 처분해 달라고 했다.

그러나 당시 그 회의에 물의가 있었기 때문에 그 일은 성사되지 않았다. 그래서 이등박문은 한밤중에 칼을 뽑아 들고 황제를 협박해서 7개조의 조약을 체결시켜 황제를 폐위시켰고 일본으로 사죄사를 보내게 되었다. 이런 상태였기 때문에 경성 부근의 상하 인민들은 분개하여 그중에 할복(割腹)한 사람도 있었지만 인민과 군인들은 손에 닿는 데로 무기를 들고 용감히 일떠나 일본 군대와 싸워 '경성의 변'이 일어났던 것이다. 이등박문은 결코 영웅이 아니다. 간웅(奸雄)으로 간사한 꾀가 뛰어나기 때문에 '한국의 개명은 날로 달로 나아가고 있다'고 신문에 싣게 했다.

안중근이 이등박문을 죽인 이유는 이등박문이 있으면 동양의 평화를 어지럽게 하고 한일 간이 멀어지기 때문에 한국의 의병 중장의 자격으로 죄인을 처단한 것이다. 러시아 검찰관 예비심문에서 거사 동기를 "이등박문이 한국의 독립주권을 침탈한 원흉이며 동양 평화의 교란자이므로 개인 자격이 아닌 대한의군사령관으로서 처형하였다"고 명백히 천명했다. 항상 정의를 주장하고 진리를 고수한 안중근은 인류평화를 그토록 갈망했고 민족자유를 그토록 추구했다. 진보적인 사상 각오로 의병투쟁을 지도하고 혁명적인 투쟁

정신으로 승리를 쟁취하려 했다.

애증이 분명하고 선의적인 평화를 주장하는 안중근의 심미관은 포로석방에서만도 출중하게 표현되었다. 한즉 이등박문을 격사한 것은 절대 개인주의에 안주한 복수행위가 될 수 없다!

살신성인(殺身成仁)이란 자기의 몸을 희생하여 인(仁)을 이룸을 뜻한다. 공자의 말과 행동을 적은 유교의 경전으로서 ≪사서≫(四書) 하나인 ≪논어≫의 '위령공편'(衛靈公篇)에 나오는 말이다. 일명 살신입절(殺身立節)이라고도 한다. 안중근은 개인영웅관으로 살신성인을 시도한 것이 아니다. 안중근 의사는 단순한 저격범이나 테러리스트가 아니었다. 동양의 평화를 주장하면서도 독립군 중장으로서 한반도와 만주에서 독립운동을 추진했으며 최후의 일환으로 조선민족의 원수 이등박문을 저격하여 동족의 독립 의지를 세계만방에 남김없이 과시했다. 자신의 부귀영화를 마다한 채 조국과 민족을 위해 제국주의자를 향해 정벌(征伐)의 총을 겨냥했던 열혈투사였다!

그러니 안중근은 영웅기인(英雄忌人)도 영웅기인(英雄欺人)도 아니다. 정말 양심이 있고 정의를 주장하는 인간이라면 공정하고도 합리한 평가로 안중근영웅을 추대할 것이다. 세인의 평판은 역사의 세례를 받으면서 나중엔 꼭 공평한 대우로 영웅론을 이야기하고 영웅담을 적을 것이다. 요즘 안중근 의사를 다시 평가하는 목소리들이 뜨겁게 달아올라 국제화제가 되었다. 영웅서사시를 변증법적인 유물사관에 입각하여 새로 만든다는 화제이다. 안중근 같은 위대한 의인이 드물다는 평판이 갈수록 거세진다. 특히 안중근 체포 당시 여순 감옥의 간수후손들이 분분히 안중근을 흠모하여 물의를 일으킨다.

일본에는 해마다 안중근 의사를 기리는 축제가 열리는가 하면 그의 업적을 연구하는 스터디그룹도 있다. 죽음 앞에서 그토록 당당했던 영웅적 면모와 함께 동아시아의 평화와 공동 번영을 모색한 안 의사의 사상에 선각자의 혜안이 있다는 이유에서다. 일본 내 숭모자는 우선 안 의사가 이등박문을 저격한 뒤 중국 여순 감옥에 갇혔을 때 인연을 맺은 일본인 후손을 중심으로 한 그룹과 한국 역사 등을 통해 안 의사를 알게 된 그룹 등 크게 두 종류로 나뉜다.

전자(前者)의 대표적인 이는 안 의사가 중국 여순 감옥에 투옥됐을 때 간수였던 일본군 헌병 지바 도시치[千葉十七]의 조카인 가노 다쿠미[鹿野琢見·83] 변호사다. 간수와 죄수라는 한계를 초월해 안 의사와 우정을 나눈 지바는 형장으로 향하는 안 의사로부터 '위국헌신 군인본분'(爲國獻身 軍人本分·국가를 위해 헌신하는 것은 군인의 본분이다)이라는 마지막 글을 받기도 했다.

"일본인으로서 안중근 의사를 존경한다는 사실이 자랑스

럽기만 합니다."

2004년 3월 26일 안중근 의사 순국기념일을 맞아 한국방문길에 오른 가노 다쿠미 변호사는 지난 20년간 '안중근연구회'를 이끌어온 일본 내의 대표적인 '안중근 마니아'(mania)다. 그는 여순 감옥에서 안 의사를 경호하며 그의 사상과 인격에 감복했던 이모부(지바 도시치)의 가르침을 되새기면서 안 의사와 자신의 만남은 운명적이라고 말했다.

"이모부는 내가 어린 시절부터 안 의사의 위대함에 대해 이야기를 해주셨어요. 강직한 성품과 평화에 대한 희구 그리고 애국, 애족 정신 등 안 의사를 닮고 배우라고 말씀해 주시곤 했어요."

가노 다쿠미 회장은 안 의사가 이등박문을 저격했다는 사실만 부각되는 것에 대해 안타까워했다. 그는 "안 의사의 암살에만 초점을 맞추는 것은 그를 평가절하하는 행위"라며 "안 의사는 국민계몽운동, 민권운동, 국채보상운동 등 국가와 민족을 위한 일이라면 어디라도 달려간 국민운동가"라고 덧붙이었다.

"대부분의 일본인들은 안 의사를 테러리스트(terrorist), 살인자라고 생각하지만 그는 일본의 부당한 식민지배에 항거한 의인입니다. 변호사인 내가 볼 때 이등박문을 암살한 안 의사는 명백히 무죄입니다. 안 의사는 그가 할 수 있는 최선의 일을 한 것입니다."

그는 "일본에 안 의사와 같은 인물이 없다는 사실이 안타깝다"면서 "한국인들은 안 의사와 같은 민족임을 축복으로 여기고 그가 남긴 메시지 하나하나를 가슴에 새겨야 할 것"이라고 지적했다.

이모부로부터 안 의사의 얘기를 전해들은 가노는 ≪한국 내 마음의 고향≫이란 책을 통해 안 의사를 향한 애틋한 마음을 전한 안도 도요로쿠(고인)와 함께 '안중근연구회'를 설립, 일본 내 안 의사 연구의 불을 지폈다. 1985년 정식 설립된 안중근연구회는 매년 한차례씩 정기적으로 회합을 갖고 토론회 등을 통해 안 의사의 업적을 기리고 있다. '안중근 무죄론', '안중근과 이등박문', '안중근과 동양평화론' 등 안 의사와 연관된 각종 테마가 논의 대상이다. 2004년 3월 1일에는 '한국 젊은이들의 사회관 변화' 등을 주제로 한 세미나를 개최하는 등 한국 사회 전반에 대한 관심을 키워나가고 있다. 현재 회원은 44명으로 대학교수를 비롯해 성공회 신부, 각본가, 신문기자, 기업인, 대학생, 자영업자 등 참석자들의 범위도 다양하다.

안 의사에 대한 존경이 남다른 야기 마사즈미 다이헤이요 산업 회장(78)의 할아버지도 여순 감옥의 또 다른 간수였다. 그는 지난해 조부가 안 의사로부터 받은 유묵 '언충신행독경만방가행'(言忠信行篤敬蠻邦可行·말이 성실해 믿을 만하고 행실이 돈독 경건하면 오랑캐 나라에서도 이를 따른다)을 한국에 기증했다.

안중근이 갇혀 있는 감옥소에 관계하던 많은 일본인들이 비단과 지필묵을 가지고 와서 안 의사에게 기념 소장할 붓글씨를 써줄 것을 부탁한 사실로부터 허다한 일본인들도 이미 안중근인격에 감동된 것이라겠다.

구마모토현 기쿠치시 직원인 쓰루 게사토시는 개인적으로 안 의사를 연구하고 있는 인물이다. 한국의 안중근기념관에서 안 의사의 행적과 글을 보고난 뒤 매료됐다. 이후 안 의사가 거사를 하기까지의 인간적인 고뇌의 발자취를 추적한 ≪천주교도 안중근≫이라는 책을 출간하기도 했다.

작가인 가네시타 다쓰오도 안 의사를 소재로 한 ≪간카≫[寒花]라는 공연 작품을 만들어 주목받았다. 안 의사가 이등박문을 저격한 뒤 감옥에 갇히고 사형선고를 받고 순국하기까지의 과정을 담고 있는데 1997년 도쿄에서 초연됐다. 당시 이 저작물은 일본의 영웅이었던 이등박문을 저격한 범인을 고결한 인품의 영웅으로 묘사, 일본 내에 적잖은 반향을 일으키기도 했다. 그는 당시 일본인들에게 '역사를 더듬다가 한 매력적인 인물을 만났을 뿐'이라고 배경을 설명하기도 했다.

2004년 9월 러시아에 살고 있는 교포들이 연해주를 주무대로 항일 독립운동을 한 선조들의 활동을 정리해 ≪러시아 한인독립운동≫이란 책을 펴냈다. 러시아 독립유공자

후손협회가 펴낸 러시아 한인회 독립협회는 이동녕, 안중근 의사 등 독립 유공자와 김 알렉산드라와 오하묵, 박진승 등 그동안 그늘에 가려졌던 사회주의 계열의 항일 운동가들까지 업적이 정리돼 발간됐다.

다시 보는 안중근의 사상도 각일각 침투되는 추세이다. 따라서 안중근의 부친에 대한 평가 역시 정평을 촉구한다. 안중근의 사상에 가장 영향을 끼친 인물은 아버지 안태훈(安泰勳)이다. 안태훈은 해주의 수천석지기 집안으로 일찍 진사시에 합격하였으나 서세동점의 격변기에서 전통 유학(儒學)에만 머물지 않고 근대적 신문물의 수용에도 앞장섰던 인사였다. 그는 박영효(朴泳孝) 등 갑신정변 개화파들이 추진한 일본 유학생 선발에 뽑힐 만큼 개화 성향을 지녔으나 1884년 갑신정변이 실패하자 극심한 탄압을 피해 1885년 신천군 두라면의 청계동으로 이주하였다. 안중근의 소년 시절 삶의 터전이었던 청계동은 백범 김구가 안태훈의 배려로 일시 우거했던 곳으로도 잘 알려진 곳이다. 계명교육과 가정환경의 중요성을 설명하는 대목이다.

동학농민전쟁 당시 소년 접장이던 백범과 달리 안태훈은 동학농민군을 토벌하던 갑오의려를 일으켜 반대편에 섰던 인물이다. 안중근 역시 16세의 어린 나이에 갑오의려의 선봉에 섰다. 그럼에도 안태훈은 백범과 백범의 부모까지 보살피는 넓은 아량을 지니기도 했다. 안태훈의 반동학적(反

東學的) 태도와 인식은 개화적 성향과 기득권층과 피지배
층과의 사회경제적 관계가 복합된 것으로 이해된다. 개화와
동학의 상반된 입장은 이념적 지향의 차이에서 오는 피치
못할 갈등이기도 했다. 개화가 서구의 논리를 수용, 추구하
였던 것에 비해 동학은 외세를 배척하고 전통논리에 의해
반봉건의 구현을 모색했던 점이 달랐다. 때문에 양자의 현
실적 대응은 상반된 양상을 띨 수밖에 없었다. 개화의 입장
에서는 동학군의 봉기를 민란 내지는 폭도 이상으로 보지
않았다.

이런 인식은 안중근이 후에 저술한 자서전에서도 크게
변하지 않음을 볼 수 있다. 안중근의 문명개화론적 지향은
천주교와의 만남을 통해 보다 구체화되었다. 그의 천주교
입교는 역시 아버지 안태훈의 영향에 의한 것이었다. 안태
훈은 1897년 1월 프랑스인 빌렘 신부를 초빙하여 안중근과
가족 등 36명을 영세받게 하니 이때 안중근의 나이 19세였
다. 안태훈 부자의 천주교에 대한 열의는 지극하여 청계동
은 곧 황해도 포교사업의 지휘부가 되었다.

이토 저격이 일어나자 러시아와 일부 서유럽 국가들이
일본의 영향력을 감안해 공식적인 찬양이나 평가를 삼간
채 사실보도에만 주력했다. 그러나 중국 언론은 안 의사의
애국 행위를 찬양하고 이토의 침략 야심을 폭로하는 데 앞
장섰다. 조선족으로 대표적인 안중근 연구자인 서명훈(徐明

勳) 전 하얼빈민족종교사무국 부국장은 "안 의사가 하얼빈에서 거사하고 여순에서 순국한 인연 때문이기도 하지만 청왕조를 무너뜨리기 위한 혁명 전야라는 시대적 상황도 큰 몫을 했다"고 풀이했다.

중화인민공화국창건 이후 안 의사에 대한 관심은 더욱 뜨거워졌다. 소학교교과서에 안 의사 의거가 실리기까지 했다. 문화대혁명 등으로 주춤했던 안 의사 추모 열기는 1978년 개혁개방 이후 다시 일어났다. 의거 80주년을 맞은 1989년에는 대대적인 행사가 벌어졌다. 길림성 사회과학원 주최로 안중근 국제학술세미나가 장춘에서 처음 열렸다. 하얼빈에서는 해마다 순국일인 3월 26일과 의거일인 10월 26일이 되면 의거에 대한 좌담회, 공연 등이 열리고 있다. 1992년에는 왕홍빈(王洪彬) 당시 하얼빈시 문화국장이 창작 뮤지컬 ≪안중근≫을 직접 만들기도 했다. 이 밖에 흑룡강성 혁명박물관은 안 의사의 유품을 전시하고 있다.

하기야 안중근의 거사와 관련하여 시시비비가 없지는 않다. 대표적 여론으로는 안중근 의거 의병연계가 조직적인 거사라는 제기이다.

1909년 안중근 의사의 의거 배후에는 러시아에서 활동했던 의병장 최재형과 이범윤이 깊숙이 개입했다는 주장이 제기됐다. 한, 로 근대관계사 연구가인 박종효 전 모스크바대 교수는 2004년 10월 8일 한국프레스센터에서 열리는

'안중근 의사 의거 95주년 기념 국제학술대회'에서 이토 히로부미 사살은 안중근을 비롯한 몇몇 동지들의 거사라기 보다는 의병들과의 연계 속에서 치밀하게 준비된 거사라는 내용의 논문을 발표했다. 1908년 안중근은 이들 조직에서 중간지휘관으로 활동한 바 있다. 박 교수의 이러한 주장은 하얼빈 거사가 안중근을 비롯한 우덕순, 조도선, 유동하 등 대동공보 직원들이 중심이 돼 이뤄졌다는 학계 견해와 판이하다.

사학계의 이슈가 주목이기보다 안중근의 영웅담이 세인의 동경을 자아내는 것이 우리로서는 긍지가 아닐 수 없다. 안 중근 의사의 1909년 10월 26일 하얼빈 의거와 전후 사정을 생생하게 재현하고 그의 인품과 거사에 찬사를 보내는 내용을 담은 장편 희곡이 중국에서 처음 발견됐다. 1910년 말께 쓴 이 희곡은 중국인민들이 안 의사의 의거에 얼마나 감동 했는지를 보여주는 것은 물론 창작의 형태를 빌렸지만 지금 까지 알려진 최초의 안중근 전기보다 10년 앞서 간행된 단행본으로 사료가치도 높다. 안중근 의사기념관 문성재 연구 원은 "안의사의 이토 히로부미 저격과정과 전후 한반도 정 세 등을 줄거리로 한 중국 희곡 ≪망국한전기≫(亡國恨傳 奇)가 중국 남경 도서관에 소장된 것을 확인했다"며 의거 95주년을 하루 앞둔 25일 복사본을 공개했다. 문 연구원에 따르면 이 책은 1910년 겨울에서 1911년 사이 ≪중서보≫

(中西報), ≪광익총보≫(廣益叢報) 등 중국 신문에 연재된 희곡을 묶은 것으로 연재 당시에는 필명을 써 원저자가 불확실하던 것을 중국 학계에서 최근 양주(揚州) 출신의 신문 발행인이며 소설가로도 활약한 공소진(貢少芹)이 저자임을 확인했다.

2005년 3월 26일 안중근 의사 순국 95주기 추념식이 한국 서울 남산 안중근 의사 기념관에서 거행됐다. 추념식에는 안중근 의사의 유족과 광복회 회원 등 300여 명이 참석해 헌화 봉향하고 안 의사의 숭고한 애국정신을 되새겼다. 이번 추념식에는 특히 일본인 추모객 60여 명이 참석해 동양 평화를 기원한 안 의사의 숭고한 뜻을 기렸다는 데서 한결 의의를 가졌다.

1910년 3월 중국 여순에 있는 일본 감옥에서 순국한 안중근 의사의 유해발굴을 위한 한국정부 차원의 움직임이 본격화되고 있다. 2005년 3월 27일 한국보훈처에 따르면 박유철 보훈처장은 2005년 5월 초께 현재는 박물관으로 활용되고 있는 중국 요녕성 대련시 여순 감옥을 방문할 계획이다. 안 의사의 유해발굴을 위한 사전조사차 안 의사가 순국한 여순 감옥을 직접 방문하는 것이다. 2004년 12월 중국을 방문했던 정동영 통일부 장관은 당시 북경 한국 특파원들과의 간담회에서 "안 의사의 유해가 여순 감옥 뒤편에 매장된 것으로 추정되는 곳이 확인됐다"고 밝힌 바 있다.

한국보훈처는 박처장의 여순 방문 시 정확한 조사를 위해 학계 전문가 또는 안 의사와 관련된 단체 관계자들을 동행시키는 방안을 검토 중인 것으로 전해졌다. 한국보훈처는 유해 매장 추정지에 대한 보다 구체적인 사항이 파악되면 외교통상부 등 관련 부처와의 협의를 거쳐 학계 전문가 등이 참여하는 유해발굴단을 꾸린다는 방침이다. 박 처장은 여순 방문에 앞서 북경을 방문, 한국의 행정자치부와 보건복지부, 국가보훈처 기능을 담당하는 중국 민정부 고위 인사들을 만나 유해발굴 등과 관련한 협조를 요청할 것으로 전해졌다. 한국정부는 2005년에 들어와서 광복 60주년을 맞아 남북 회담 등의 채널을 통해 안 의사의 유해발굴 사업을 공동으로 추진한다는 계획이다. 이는 이미 고인이 된 안 의사 조카의 자손들이 현재 조선에 살고 있어 이들이 유해에 대한 '연고권'(緣故權)을 주장하면 발굴사업에 차질을 빚을 수 있다는 판단도 작용한 것으로 알려졌다. 조선도 지난 1970년대 안 의사의 유해발굴을 위해 중국 여순으로 발굴팀을 보냈으나 유해발굴에 실패한 것으로 전해졌다.

2005년 11월 22일 한국정부는 개성에서 안중근 의사 유해 공동발굴 및 봉환을 위한 제2차 남북 실무접촉을 진행했다. 쌍방은 양측 연구 결과에 대한 의견을 교환하고 유해 공동발굴사업 의지를 재확인했다. 한국정부는 이번 사업의 성공적 추진을 위해 자료의 추가 발굴 및 북측과의 자료

교환, 현지답사 등을 통해 안중근 의사의 순국기념일인 2006년 3월 26일을 계기로 발굴 사업이 시작될 수 있도록 적극적으로 노력한다는 방침을 선보였다. 한국통일부 대변인은 "남북 양측은 이번 실무접촉에서 그동안 양측이 연구한 결과에 대해 의견을 충분히 교환하고 유해 공동발굴사업에 대한 의지를 재확인하는 한편 정확한 안중근 의사의 유해위치 확인이 가장 중요하다는 데 인식을 같이 하고 이를 위하여 다양한 노력을 기울이기로 했다."고 밝혔다. 대변인은 "사업을 추진하는 과정 자체가 남북 양측이 민족의 긍지를 되살리고 사업과 관련하여 협력의 의지를 대내외에 보여줄 수 있는 좋은 계기가 될 수 있을 것으로 기대한다."고 덧붙였다. 남북은 이번 실무접촉에서 논의된 내용을 각자 보도하기로 합의했다.

안중근은 한말 계몽운동 계열의 근대화론에 영향을 받아 계몽운동에 참여하면서도 일제에 대한 폭력투쟁 즉 의병활동으로 활동의 영역을 넓혀갔다. 그의 사상을 일면이나마 보여주는 것이 감옥에 있을 때 집필한 ≪동양평화론≫(東洋平和論)이다. 이 글은 서론 부분만 있지만 그의 사상과 활동의 연관성을 어느 정도 보여주고 있다.

그는 당시의 세계정세를 약육강식의 풍진시대로서 서양세력이 동양에 뻗쳐오는 시기로 보았다. 그러므로 동양민족이 일치단결하여 서양세력의 침략을 극력 방어하는 것이

가장 중요한 임무라고 보았다. 따라서 동양평화를 위하여 서양의 동양침략인 러일전쟁 때 '동양평화를 유지하고 한국독립을 공고히 한다.'고 내건 일본의 명분은 올바른 것이었으며 이때 한민족이 일본을 지원한 것은 매우 잘한 일이라고 평가했다.

그러나 일본은 러일전쟁에서 승리한 뒤 동양평화의 약속을 깨뜨리고 한국의 국권을 빼앗았기 때문에 조선의 원수가 되었으며 이에 조선 사람들은 독립전쟁을 벌이게 된 것으로 동양평화를 실현하고 일본이 자존(自存)하는 길은 한국의 국권을 되돌려 주고 만주와 청나라에 대한 야욕을 버린 뒤 서로 독립한 3국이 동맹하여 서양세력의 침략을 막고 나아가 개화의 역(域)으로 진보(進步)하여 구주와 세계 각국과 더불어 평화를 위해 진력해야 한다고 했다.

이 글은 당시 일본이 주장하고 계몽운동자들의 일부가 가지고 있던 서양에 대응하는 동양세력의 단결을 주장하는 '동양주의'적인 입장을 보여준다. 그러나 일제의 침략이 가시화된 1905년 이후 대부분의 계몽운동자들이 일제에 대한 투항의 모습을 보인 것과 달리 폭력투쟁으로 나아간 것은 안중근 사상의 특징이라고 할 수 있다.

2005년 3월 ≪흑룡강신문≫에 실린 하얼빈 서명훈의 ≪안중근 의사와 하얼빈의 조선인≫ 원문 기사를 부록으로 전재한다. 이 기사서지의 출처가 제공하는 문화정보는 과연 무엇

일가? 하얼빈 역두에서 치러진 안중근 의사의 거사 자초지종
- 전후시말- 을 일목요연하게 목격할 것이다.

: : 부록

__안중근 의사와 하얼빈의 조선인

**블라디보스토크서 거사 위해 우덕순 유동하와 함께 하얼
빈행**
일본인 따라 플랫폼 진입 이토와 5m 거리서 권총 빼들어

조선민족의 영웅 안중근 의사는 하얼빈 역에서 조선의군
참모중장의 자격으로 일제조선침략의 원흉이며 동양평화를
파괴하는 이토 히로부미를 처단하여 민족의 원수를 갚았다.
중국인민의 경애하는 주은래 총리는 "중조인민이 일본제국
주의 침략을 반대하는 투쟁은 본세기 초 안중근이 하얼빈
에서 이토 히로부미를 격살할 때부터 시작되었다"고 지적
하였다. 참으로 안중근 의사의 하얼빈의거는 하얼빈의 자랑
이요 우리 민족의 자랑이며 의거는 또 하얼빈조선인의 반
일투쟁을 고무하여 주었다. 안중근은 조선 2천만 동포의
원수인 일본의 이토 히로부미가 러시아의 대장대신 꼬꼬프
체프를 만나러 하얼빈에 온다는 소식을 듣고 이때가 좋은

기회라 여기고 이토를 처단하기 위하여 러시아 블라디보스토크를 떠나 동지 우덕순, 유동하와 같이 하얼빈에 왔다. 안중근 일행은 하얼빈에 와서 의거할 때까지 하얼빈한민회 회장 김성백의 집에서 숙박하였고 편지와 전보의 통신처도 김성백의 집이었으니 김성백의 집은 안중근 의사 의거의 근거지요 지휘부의 작용을 하였다. 동흥학교 교원 김형재는 이토 히로부미가 하얼빈에 오는 날짜정보를 실은 ≪원동보≫를 제공하였다. 여러 사람이 김성옥의 집에 모여서 의논들이 있었고 조도선은 러시아어의 통역에 나섰으며 연락원 일까지 하였다. 이와 같이 하얼빈에 있는 조선인의 도움을 받아 이토가 10월 26일 9시경에 동청철도총국의 특별열차편으로 하얼빈에 도착한다는 것을 탐지하고 거사준비를 다그쳤다. 1909년 10월 26일 아침 일찍 일어난 안중근 의사는 거사에 쓸 브로우닝식 권총에 탄환 8개를 재워 넣은 다음 권총을 윗옷 오른쪽 속주머니에 넣고 숙박하던 김성백의 집을 나섰다. 아침 7시경 안중근 의사는 유동하와 함께 하얼빈 역으로 왔다. 역전에는 벌써 러시아 장교들과 군인들이 환영준비를 하느라고 분주히 달아 다녔다. 안중근 의사는 유동하를 김성백의 집으로 돌려보내고 혼자서 일본인 환영객들이 역 안으로 들락날락할 때 끼여 역 대합실로 들어갔다. 러시아 사람들은 일본 사람과 조선 사람을 가리기 어렵기에 주목을 받지 않았다. 유럽인과 중국인의 입장은 통제하고 일본인은 무조건 통행시키라는 일본 총영사의 요청이 있었던 것이다. 안중근 의사는 일등대합실 입구에서 가장 가까운 우측의 맨 가운데 있는 바깥이 잘 내다보이는 소매점에 자리 잡고 앉았다. 그는 두 시간이나 앉아서 차를 시켜 마시면서 이토가 타고 올 특별열차가 도착하기를 태연스레 기다렸다. 아침 9시 정각 이토가 탄 초록색 빛이 나는 특별귀빈열차가 서서히 닿았다. 플랫폼에서 대열을 지어 기다리고 있던 의장대와 환영대오는 들끓기 시작했다. 일본 교민들은 '히노마루' 깃발을 미친 듯이 휘두르며 "환영한다."고 고함을 질렀다. 노란 머리를 가진 러시아 병사들과 머리채를 길게 드린 청나라 병사들은 "받들어총" 경례를 했다. 군악대의 장중한 주악소리가 하늘을 울렸다. 플랫폼에서 오랫동안 서서 기다리던 러시아 대장대신 꼬꼬프체프가 열차 위로 올라갔다. 서로 인사를 나누고 얼마 지나지 않아 이토는 그와 함께 기차에서 내렸다. 이어 귀빈들은 러시아 관리들이 호위하여 동북쪽으로부터 서남방향으로 플랫폼을 따라 러시아 군악대, 러시아 병대, 각국 영사단, 중국 군대, 일본 관민들 이런 순서로 의장대와 환영대오를 사열하고 되돌아 걸어오고 있었다. 때를 놓치지 말자! 그때까지 일등대합실에 앉아 때를 노리던 안중근 의사는 자리에서 벌떡 일어나 성큼성큼 걸어서 플랫폼으로 나가 러시아 군대가 늘어서 있는 뒷줄에 바짝 붙어 섰다. 그 순간 아무도 안중근을 눈여겨보는 사람이 없었다. 모두들 이토 히로부미를 바라보는 데 정신이 팔려 있었기 때문이다. 안중근 의사와 이토의 거리는 점점 가까워졌다. 사람을 쏘는데 정면에서 겨누면 발각되기 쉽기에 이토가 안중근 의사의 앞을 2～3보 지나갔다고 생각 될 때 5m 남짓한 사격거리를 두고 "받들어총"으로 경례를 하고 있는 병사와 병사의 사이에 끼여 선 채로 권총을 뽑아들고 이토의 오른쪽 가슴을 겨누었다.

"땅! 땅! 땅!"

천지를 뒤흔드는 총소리, 첫 세 방의 총탄이 모두 이토에게 명중되었다. 저격당한 이토는 꼬꼬프체프 쪽으로 쓰러졌다. 이때 안중근의 머릿속에는 의심이 일어났다. 본시 이토의 모습을 모르는데 만일 한번 잘못 쏜다면 큰일을 망치는 것이다. 그래서 다시 그 뒤쪽을 향해서 일본인으로 보이는 자들을 목표하고 4발을 발사했다. 이 4발 총탄에 하얼빈주재 일본총영사관 총영사 가와카미토시히코가 오른팔 골절 관통상을 입었다. 일본 궁내대신 이토의 수행비서관인 모리야스지로가 왼쪽 허리를 관통하여 복부피하에 탄알이 박혔다. 남만철도주식회사 이사 타나카세이지로가 왼쪽 다리 관절이 관통되었다. 남만철도주식회사 총재 나카무라제코의 외투를 뚫고 탄알이 오른편 바지에 박혔다. 이와 같이 안중근 의사는 벼락같이 사격을 마쳤다. 안중근 의사는 평생소원을 이룬 기쁨을 감추지 못했다. 안중근 의사는 권총을 공중으로 내던지고 러시아어로 "코레아 우라! 코레아 우라! 코레아 우라!"라고 대한국 만세를 목청껏 세 차례 외쳤다. 여기에서 주목되는 것은 러시아의 대장대신 꼬꼬프체프는 이토와 나란히 서서 보행하고 있었으나 무사하였다는 것이며 장관 뒤를 따르던 러시아의 수행원들도 하나 부상을 입은 자가 없었다. 이것은 안중근 의사 권총발사 명중률이 얼마나 높았던가를 증명해준다. 이토가 쓰러지자 꼬꼬프체프와 나카무라총재가 이토를 부축하여 열차 안으로 옮겨갔다. 안중근 의사가 이토를 쏜 세 방의 탄알 중 제1탄은 이토의 오른팔을 관통한 다음 오른쪽 폐를 다시 수평으로 관통해 왼쪽 폐에 박혔다. 제2탄은 오른쪽 옆구리로 들어가 가슴을 관통하여 왼쪽 옆구리에 박혔다. 제3탄은 오른팔을 스친 다음 체내에 들어가 배안에 박혔다. 이토는 내장부위 출혈로 목숨을 거두었다. 방금까지 그렇게 굉장하던 환영식은 어느새 장례식처럼 되었다. 군악대의 영빈곡과 사람들의 환호 속에서 하얼빈 역으로 들어온 특별열차는 11시 40분에 이토 히로부미의 시체를 싣고 쓸쓸한 장송곡에서 힘없는 기적 소리를 남기고 하얼빈 역을 떠나 대련으로 향했다. 안중근 의사는 그 자리에서 포박되었고 그날로 일본총영사관 지하실 감옥에 갇혔다. 안중근 의사가 이토를 격사시키자 러시아당국은 하얼빈지역을 중심으로 많은 조선 사람들을 체포하여 일본총영사관에 넘겨주었다. 안중근의 동지 우덕순과 조도선은 의거 제일지점으로 작정했던 채가구에서 체포되었다. 김성백의 동생 김성엽은 수분하에서 체포되어 하얼빈에 호송되었다. 하얼빈 시내에서는 사건에 참여한 협의자로 안중근 의사가 수분하에서 데리고 온 유동하, 동흥학교 교주 김성옥, 교원 김형재와 탁공규, 안중근 의사의 부인과 두 아들을 조선에서 하얼빈까지 데리고 온 정대호와 그의 동생 정세우, 한민회 회계 김려수, 그리고 사회활약이 많은 홍시준, 장수명, 김택신, 방사첨, 이진옥 등 모두 15명을 체포하여 일본총영사관에 넘겨 지하실 감옥에 넣었다. 그중 방사첨, 이진옥은 11월 8일에 석방되고 김신택, 홍시준, 김성엽, 장수명, 장세우는 11월 10일에 석방되었다. 이 외에도 정식체포는 당하지 않았지만 한민회 회장 김성백의 집을 수색하여 안중근 의사가 쓴 장부가와 이강에게 보내는 편지를 몰수하였고 수차 사정청취를 받았다. 박문순, 김명환, 강봉주 등 여러 사람이 일본총영사관에 불려가서 신문조사를 받고 그 신문기록에 도장을 찍고 나왔다. 안중근의 부인과 두 아들은 계속 김성백의 집에 묵고 있었으나 일본총영사관의 감독으로 하여 자유 없이 지내다가 11월 22일 정대호의 가족과 같이 하얼빈을 떠나 수분하로 갔다. 여순 감옥에 갔던 김형재, 김려수, 김성옥, 탁공규 4명은 1909년 12월 24일에 석방되어 일본경찰

2명의 호송하에 열차를 타고 여순을 떠나 하얼빈으로 향하였다. 김형재는 장춘에 와서 밤을 타 도망쳐버렸다. 정대호는 1910년 2월 1일 여순 감옥에서 석방되어 순사 2명의 호송을 받아 하얼빈으로 돌아왔다. 조도선과 유동하는 1년 6개월의 판결을 받고 여순 감옥에서 징역하다가 만기가 되어 1901년 8월 15일에 출옥하고 우덕순은 3년 징역을 언도받고 그 후 하얼빈에 돌아와 살았다. 안중근 의사는 사형 판결을 받고 순국하기 전에 다음과 같은 최후의 유언을 남기었다. "내가 죽은 뒤에 나의 뼈를 하얼빈 공원 곁에 묻어 두었다가 우리 국권이 회복되거든 고국으로 반장해다오. 나는 천국에 가서도 또한 마땅히 우리나라의 회복을 위해 힘쓸 것이다. 너희들은 돌아가서 동포들에게 각각 모두 나라의 책임을 지고 국민된 의무를 다하며 마음을 같이하고 힘을 합하여 공로를 세우고 업을 이루도록 일러다고. 대한독립의 소리가 천국에 들려오면 나는 마땅히 춤추며 만세를 부를것이다." 하얼빈의 조선인들은 안중근 의사가 사형판결이 내렸다는 소식을 듣고 안 의사를 하얼빈에 묻고 기념비를 세워 성대하게 이 애국자를 기념할 준비를 하였다. 하얼빈주재 일본총영사관에서 1910년 2얼 22일 일본 외무대신한테 보낸 보고서에 '첩보에 의하면 이번 여순지방법원에서 사형을 선고한 이토공의 가해범인 안중근이 사형이 집행된 후 그 시체를 가져다 흉행지였던 하얼빈 한국인묘지

에 후하게 매장하고 한국인들의 기부금으로 웅장하고 아름
다운 기념비를 세울 계획이다. 이에 본지 한국인들은 적극
호응하고있다.'고 하였으며 이 계획이 실현되지 못하도록
하며 그 가족에게도 시체를 넘겨주지 말것을 제안하였다.
안중근 의사는 1910년 3월 26일 사형이 집행되어 32살에
순국하였다. 비록 그는 육신의 일생은 짧았으나 정신은 천
추에 길이 빛날 것이다.

# 중경해방전투와 조선족 관병들

절대다수가 조선족으로 구성된 중국인민해방군 제47군 141사 422퇀(원 연변의 길동1퇀의 후신)은 1949년 7월 20 일에 장강도하작전에 참가하여 장강천험을 뛰어넘은 후 호남성부정현 일대에서 국민당패잔병들을 숙청하고 사천 쪽으로 진격하였다.

그러나 부대는 남방의 더운 기후에 적응되지 않아 90% 가 학질과 이질에 앓아누웠고 병으로 생명을 잃은 전사들도 있었다. 의창에서 부대는 두 달 동안 병마와 싸우다가 몸이 좀 회복되자 또다시 전선으로 나갔다. 422퇀은 11월 7일부터 연속작전하여 선후로 백계장, 이봉관 전투에 참가하여 적군 63명을 살상하고 3,900여 명을 포로로 잡아왔다.

422퇀은 제2야전군 제3병퇀은 139사와 협동작전을 벌여 국민당 제15군 군장 송희렴의 부대를 추격하는 전투를 벌였다. 부대는 비를 무릅쓰고 거리가 35km 되는 백운산의 좁고 가파른 길을 넘으며 적을 추격하였다. 행군 도중에 몇몇 전사들이 낭떠러지에 굴러 떨어져 희생되었다. 부대는 계속 전진하여 험산준령을 넘은 후 백마에 이르러 적과 싸운 후 중취 쪽으로 도망치는 적을 추격하여 중취에서 국민당 15군 제64사 제191퇀과 치열한 싸움을 벌여 일부 적들을 소멸한 후 중취를 점령하는 전투에 뛰어들었다. 전투에서 일찍 태항산에서 나온 의용군 출신인 제3영 부영장 정용이 영용히 희생되었다.

뒤이어 422퇀은 우로구에 쳐들어가 적들을 포로한 후 75km를 강행군하여 열래장에 주둔하고 있는 적들을 불의에 습격하고 적 신편 제1군 제2사 부사장 이하 1,000여 명을 포로하였다. 부대는 계속 적을 추격하여 중경에 도착한 후 형제부대와 함께 중경시가지를 해방하는 전투에 뛰어들었다. 10여 일간의 치열한 시가전에서 422퇀의 조선족 용사들은 용감하게 싸워 11월 30일에 드디어 중경해방을 맞이하였다.

중경해방전투에서 422퇀은 국민당군 7,483명을 살상, 포로하였는데 그중 퇀급 이상 군관이 19명이나 되었다. 그리고 무전기 5대, 무선전화 1대, 망원경 5개, 군마 180필, 자동차 9대, 각종 탄약 30만 7천여 발, 수류탄 585개, 보총 2,897자루, 권총 498자루, 기관단총 157자루, 자동보총 7자루, 경기관총 261정, 중기관총 60정, 적탄통 14정, 60밀리포 35문, 박격포와 기관포, 고사포 도합 30문을 노획하였다.

422퇀은 중경을 해방하고 뒤이어 산서지구의 토비를 숙청하는 성스러운 투쟁에 참가하여 위훈을 떨쳤다.

낙천등운

　낙천등운(落泉登雲)은 작자, 연대 미상의 고전소설이다. 4권 4책으로서 필사본이며 장서각 도서로 유일본이다. 황천에 떨어졌다가 청운에 올랐다는 제목이 뜻하는 것과 같이 간신의 모략을 피해 달아난 주인공이 하층민으로 몰락했다가 고생 끝에 지위를 되찾는다는 이야기이다. 윤리는 저버리고 돈만 좇는 세상이 되었다는 데 중점을 두고 새로운 세태를 여러 각도에서 날카롭게 보여주었다.

　내용은 다음과 같다. 명나라 때 왕도(王陶)라는 이름난 관리가 있었는데 늦게 아들 석작(碩爵)을 낳는다. 부부가 병에 걸려 모두 죽으므로 어린 석작은 삼촌 양계성(楊桂星)에게 맡겨진다. 그러나 양계성은 간신 엄숭(嚴嵩)의 횡포를

간하다가 도리어 몰려 사형을 당하고 왕씨, 양씨 가문은 엄숭에 의하여 몰락당한다.

석작은 엄숭에 의하여 도적으로 몰려 투옥되었다가 유모 정 씨(鄭氏)의 도움으로 탈출하여 선주(船主) 후선(厚善)을 만나 그의 양자가 된다. 그러다가 충신 동 승상의 딸 동 소저(董小姐)를 만난다. 그러나 동 소저의 숙부가 그녀를 이중으로 팔고 그 돈을 착복하였다는 사실을 뒤늦게 안 동 소저가 목을 매어 자살을 시도하였다가 구제되고 석작과 혼례식을 치른다.

며칠 뒤 석작이 장사를 하기 위하여 다른 곳으로 나간 사이에 동 소저는 다시 유혹의 손길을 피하여 탈출한다. 해상(海上)에서 석작과 극적으로 상봉하고 유삼룡(柳三龍)이 라는 선량한 어부를 만나 함께 어부의 집에서 머문다. 그런데 주인집 누이가 석작을 죽이고 동 소저를 사창가에 팔려 하자 이들은 그곳을 다시 탈출하여 정허관이라는 비구니의 암자를 찾아가 머물게 된다.

이곳 비구니들이 석작과 남복으로 변장한 동 소저에게 접근하여 굶주린 정욕을 풀려다 뜻을 이루지 못하자 무서운 보복을 가하려 한다. 이들은 위기를 탈출하여 이웃 농가에 머무른다. 그러나 주인집의 과년한 두 딸이 역시 정욕을 풀려고 접근하였다가 실패하자 오히려 나그네들이 강제 겁탈을 기도하였다고 역습하여 관가에 고발함으로써 두 사람은 억울한 누명을 쓰고 옥에 갇히게 된다.

그런데 마침 그곳의 관장 왕지현(王知縣)이 인품이 뛰어난 군자에 의해 그들은 혐의가 풀리고 오히려 후대를 받으며 그의 집에 머물게 된다. 왕지현의 넉넉한 인정으로 안정을 찾게 되었으나 왕지현이 남장을 한 동 소저를 남자로 오인하고 딸과의 혼인을 간곡히 청한다. 이에 동 소저는 어쩔 수 없이 혼례를 치른 뒤 비밀을 지키기에 필사적인 노력을 한다. 이때 동 소저는 이미 석작과의 사이에서 아이를 가진 몸이었다.

한편 석작은 서울에 올라가 과거에 급제하는데 이때 가문의 원수인 간신 엄숭이 자기 손녀와의 혼인을 강요하자 이를 거절하고 변방의 전쟁터로 쫓겨난다. 석작은 오랑캐와의 싸움에서 큰 공을 세우고 개선하여 엄숭 일당을 처단한다. 또한 동 소저와도 재상봉하여 왕지현에게 사실을 밝히고 사태를 수습한다. 동 소저는 아들을 낳는다.

이때 석작의 인품을 탐한 황귀비(黃貴妃)가 그 조카딸과의 혼인을 강요하고 이를 거절한 석작이 다시 변방 오랑캐 땅으로 쫓겨난다. 이에 동 소저는 자신이 사라지면 문제가 해결되리라 믿고 남복으로 변장하여 은퇴한 노 재상의 집에 머물게 된다. 그런데 노 재상이 사랑하는 어린 첩이 남장한 동 소저에게 매혹되어 추파를 던지고 괴롭힌다. 동 소저는 뜻밖에 노 재상의 오해를 받은 채 다시 도주한다.

그러자 이웃의 방탕한 남자 호생이 남장한 동 소저가 여자임을 알아차리고 뒤를 쫓자 동 소저는 이를 피하여 도주하다가 드디어 강물에 몸을 던지기에 이른다. 이때, 그녀를 찾아 방방곡곡을 헤매던 석작을 만나 구출되고 이들은 행복하게 살게 된다.

이 작품은 귀족적 영웅소설의 구조를 갖추고 있으며 특히 ≪장풍운전≫ 계열의 고전소설과 비슷하다. 그러나 주인공의 고생을 영웅이 겪기 마련인 일시적인 고난으로 다루지 않았다는 점에서 종래의 소설과 차이가 있다. 뇌물이 횡행하고 고리채가 성행하며 뼈대 있는 집 규수가 창녀로 팔려가는 등 장면은 이색적이고도 특수한 예술매력을 갖는다. 돈을 벌기 위해서라면 무슨 짓이든지 하는 사회분위기가 작품의 상황설정이나 주인공의 위기 또는 갈등 해결방식으로서 다양하게 나타나고 있다.

등장인물에 있어서도 뚜렷한 개성을 지니고 세태변화를 헤쳐나가는 새로운 인물들이 많다. 지은이는 돈의 잘못된 사용과 물질만능적인 가치관은 배격했으나 노동을 통한 부의 축적에 대해서는 긍정적인 입장을 취하고 있다. 사회, 문화의 변동상(變動性)을 날카롭게 보여주는 점에서 가치있는 작품이다.

정률성과 해방군 군가

어째서 정률성을 '중국혁명음악사업의 개척자의 한 사람'이라고 하는가? 중화인민공화국 부주석이었던 왕진은 '정률성 동지를 추모하여'란 글에서 '정률성 동지는 현대중국에서 섭이, 선성해의 뒤를 이어 나온 걸출하고 우수한 작곡가이며 중국무산계급 혁명음악사업의 개척자의 한 사람'이라고 하였다.

조선족음악가 정률성(鄭律成)은 1918년 8월에 조선 전라남도 광주군에서 태어났다. 1933년 5월에 그는 중국에 와서 '의열단'이 남경에다 꾸린 '조선혁명간부학교'에 들어가 학습하면서 반일비밀사업에 종사하는 한편 타고난 천성으로 성악공부도 하고 바이올린과 피아노도 배웠다.

1937년 10월에 그는 연안에 들어가 노신예술학원 음악학부에서 공부하였다. 그는 문학학부의 동창생인 막야더러 혁명의 정열로 넘치는 가사 "연안송"을 쓰게 하고 거기에 곡을 달았다. 이렇게 불명의 송가인 "연안송"이 세상에 고고성을 울렸다. 이 노래는 연안으로부터 각 항일전선에 지어 멀리 동남아시아 나라에까지 보급되었으며 수천수만의 청년들을 항일투쟁으로 불러일으켰다.

1938년 8월에 노신예술학원을 졸업한 그는 연안항일군정대학 정치부 선전과에 배치되어 사업하게 되었다. 이듬해 1월에 중국공산당에 가입한 그는 전우 공목과 함께 ≪팔로군군가≫, ≪팔로군행진곡≫, ≪팔로군과 신사군≫ 등 8수의 가사로 된 ≪팔로군대합창≫ 가사를 창작하고 자신이 이 가사에 직접 작곡하였다. ≪팔로군행진곡≫은 해방전쟁시기에 ≪중국인민해방군행진곡≫으로 되었고 후에는 ≪중국인민해방군 군가≫로 확정되었다.

1942년 8월, 정률성은 화북조선혁명군정학교의 교무장으로 임명되어 태항산근거지로 갔다. 1945년 8월, 일제가 투항한 후 정률성은 조직의 결정에 따라 한때 조선에 가서 사업하였다. 그는 조선인민군 협주단 단장책임을 맡았다. 그는 인민군장병들을 승리와 영광의 한길로 고무하는 영생불멸의 노래인 ≪조선인민군행진곡≫을 작곡하였다. 이 노래는 후에 ≪조선인민군 군가≫로 되었다.

1950년 10월에 중국에 다시 온 정률성은 1951년에 또다시 가열처절한 조선전선에 나가 ≪중국인민지원군행진곡≫을 창작하였다. 전투 기백으로 차 넘치는 이 노래는 중조 두 나라 인민들을 승리로 고무하였다.

그 후 정률성은 북경에 돌아와 북경인민예술극원과 중앙악단에서 작곡가로 활약하였다. 그는 새 생활창조와 생기가 들끓고 있는 공장, 농촌과 부대로 다니며 수십 수의 노래를 지었다. '4인 무리'의 압제와 타격을 받을 때에도 그는 송백 같은 굳은 절개로 모택동의 시사에 곡을 다는 작곡사업을 계속하였다.

1976년 12월 17일, '천재적인 작곡가'로 불리던 정률성은 뇌출혈로 숨을 거두었다. 그때 그의 나이는 58세였다.

윤봉길과 홍구공원 폭탄사건

홍구공원(虹口公園) 폭탄사건이란 반일애국의 열혈청년인 윤봉길(尹奉吉)이 1932년 4월 29일 상해 홍구공원에서 일본군정 요인들을 폭사시킨 사건을 가리킨다.

윤봉길은 1902년에 조선 충청남도 혜산군에서 태어났다. 17살 때 보통학교를 다니다가 중퇴한 후 집에서 농사를 짓는 한편 고향마을에 학교를 세우고 가난한 집 애들을 가르쳐주었다. 일제의 침략만행을 늘 보아오던 그는 울분을 참을 수 없어 23살 나던 해에 반일투쟁의 지향을 안고 고향을 떠나 중국에 들어왔다.

그는 처음에는 청도에서 일본인이 경영하는 세탁소의 잡부로 일하다가 1931년 5월에 기선을 타고 상해로 갔다. 상해에서 그는 '조선인애국단'의 당수인 김구를 만나 반일의 길에 들어섰다. 윤봉길은 다른 사람의 알선으로 김구와 친교가 깊은 박진의 말총공장에 들어가 일하면서 김구와 자주 만났다. 그는 김구한테서 동북과 조선에 파견된 반일애국자들의 투쟁이야기를 들었으며 일본천황 히로히토를 요정내기 위하여 애국청년 이봉창이 일본 도쿄에 파견되었다는 소식도 들었다.

당시 공장의 불경기로 인해 해고되어 공동조계지인 홍구시장에서 남새장사를 하던 윤봉길은 김구를 찾아 자기의 품은 뜻을 내놓았다. 4월 20일 윤봉길은 프랑스조계지에 있는 한 조선인저택에서 김구를 만나 4월 29일에 홍구공원에서 일본침략자들의 괴수들을 징벌할 과업을 정식으로 맡았다.

윤봉길은 인차 거사준비에 달라붙었다. 다른 한편 김구 등은 거사에 쓸 폭탄 준비에 바삐 돌았다. 그들은 관계를 통하여 병기공장에서 비밀리에 20여 차례의 실험을 거쳐 인화선을 당겨 4초 만에 터지는 폭발력이 강한 폭탄을 만들었다.

4월 26일, 윤봉길은 김구의 사회 밑에 거사를 위한 선서를 한 후 기념사진을 찍었다. 4월 29일 아침 7시, 김구가 차려준 고기반찬으로 조반을 치른 윤봉길은 도시락폭탄과 물병폭탄 그리고 일장기를 휴대하고 택시에 앉아 홍구공원으로 떠났다.

7시 50분에 공원 부근에 이른 윤봉길은 신사복에 스프링 코트를 입고 도시락과 물병으로 위장한 폭탄을 지니고 공원 문에 들어섰다. 그는 사열대 오른편 뒤쪽에 있는 일본인 거류민 속에 자리를 잡았다. 이곳에서 사열대까지는 19m가량 되었다. 11시가 되어 일본군 상해주둔군 총사령관 시로기와 대장은 참모장 다시로 등 장교들을 거느리고 사열대에 올랐다.

일본군 육해공군의 열병식이 끝난 후 외빈들은 다 돌아가고 일본군민들만 남아 일본인거류민회의 주최 밑에 축하회를 열었다. 사열대에는 시로가와를 비롯한 일본군 제9사단장 쇼구다 중장, 일본해군 제3함대 사령관 노무리 중장, 상해주재 일본공사 시게미쯔, 총영사 무라이, 상해거류민회 위원장 가와하라, 거류민회 서기장 도모도 등 7명이 한일자로 늘어섰다. 이자들을 호위하기 위해 6명의 기병과 80여 명의 일본헌병과 보조헌병들이 사열대 앞에 죽 늘어서서 경비를 섰다.

사회자인 도모노가 경축대회의 시작을 선포하고 개회사가 끝난 후 전체 가입하여 ≪기미가요와≫를 불렀다. 11시 50분, 일본군민들이 국가를 한창 엄숙하게 부를 때 윤봉길은 손에 들었던 도시락폭탄을 땅에 놓고 어깨에 메었던 물병폭탄을 벗어들고 일본거류민 속을 헤치고 몇 걸음 앞으

로 나간 다음 인화선을 당기고 폭탄을 사열대를 향해 힘껏
던졌다.

"쾅!" 하는 소리와 함께 회의장은 삽시에 수라장이 되었
다. 윤봉길은 되돌아서서 땅에 놓았던 도시락폭탄을 주어들
고 자폭하려다가 일본헌병들에게 체포되었다.

"일본제국주의를 타도하자!"

윤봉길은 헌병들에게 끌려가면서 쩌렁쩌렁 울리도록 높
이 외쳤다.

윤봉길이 던진 물병폭탄은 시로가와와 노무라의 앞에 떨
어져 터졌다. 명중된 폭탄은 일본군정요인 7명을 몽땅 쓰
러 눕혔다. 가와하라는 그날 밤을 넘기지 못하고 죽었고 총
사령관 시로가와는 중상을 입고 12차의 수혈을 받았으나
20일 만에 죄악의 최후를 마쳤다. 그 외 5명도 모두 중상
을 입고 병신이 되었다.

이튿날, 일본헌병대와 일본총영사관 경찰들은 총출동하여
프랑스조계지를 대수색하였다. 결과 조선청년 11명이 체포
되고 반일운동가인 안창호도 체포되어 투옥되었다.

일본 놈들이 홍구공원 폭발사건과 관계없는 조선 사람들
을 닥치는 대로 체포하자 김구는 5월 10일에 성명을 발표
하여 '4·29' 사건은 '조선인애국단'에서 한 반일행동이라
고 명백하게 밝혔다. 그리고 성명을 영어로 번역하여 외국
여러 통신사에 보내 전 세계에 알렸다.

5월 25일, 상해의 일본군파견군 군법회의에서는 윤봉길에게 사형판결을 내린 후 헌병대유치장에 감금하였다가 일본으로 압송하였다. 1932년 12월 19일 오전 9시 40분, 윤봉길은 일본 이시가와현소재지 가나자와시에서 죄악의 총소리와 함께 피 끓는 최후를 마쳤다.

남창봉기에서의 조선족 용사들

북벌전쟁이 실패한 후 중국공산당원들은 몸에 묻은 피를 씻고 전우들의 시체를 묻은 후 총대를 들고 장개석 새 군벌에 반항하여 새로운 투쟁을 시작하였다.

7월 27일, 공산당원 엽정이 거느린 국민혁명군 제11군 24사의 1만 2,000여 명은 강서성 구강을 떠나 남창에 도착하였다. 이 부대에는 박인, 김철강, 방월성 등 많은 조선족 용사들이 있었다. 하룡이 지휘하는 제20군도 남창에 도착하였는데 이 부대에도 강석필, 홍범기, 김래준 등 수십 명의 조선족용사들이 있었다.

8월 1일 새벽 2시 주은래, 주덕, 하룡, 엽정, 유백승의 지휘 밑에 목에 붉은 댕기를 매고 팔에 흰 수건을 두른 3만여 명의 용사들이 참가한 남창봉기가 시작되었다. 200여 명의 조선족용사들이 이 봉기에 참가하였다. 봉기군 제20군은 적 제5방면군의 총지휘부를 맹공격하였다.

그러나 먼저 총지휘부 옆의 높은 성마루를 점령해야 했다. 적들은 센 화력망으로 성마루의 입구를 봉쇄하였다. 조선족전사 강석필과 홍범기는 빗발치는 적탄을 무릅쓰고 전우들과 함께 부근의 민가지붕으로 올라가 사닥다리로 성마루에 올라섰다. 그들은 높은 성마루에서 아군의 진공을 엄호하면서 치열한 전투를 벌여 끝내 적의 총지휘부를 전멸시켰다.

봉기군 제24사 72퇀은 적 제3군 23퇀과 24퇀을 들이치는 전투를 시작하였다. 박인, 김철강 등 72퇀의 조선족용사들은 맨 앞장에 서서 적진을 향해 돌진하였다. 봉기군 제20군 교도퇀과 6퇀은 적 제9군 79퇀, 80퇀을 포위공격하였다. 교도퇀의 김래준 등 조선족용사들은 전우들과 함께 맹호같이 적진에 뛰어들어 많은 적들을 포로하였다.

새벽어둠을 타고 전투는 계속되었다. 봉기군 제24사 71퇀은 적 제6군 57퇀을 소멸해야만 했다. 적들은 한 교회당을 차지하고 맹렬한 화력으로 봉기군의 진격로를 가로막았다. 아군은 인차 결사대를 묶고 교회당을 공격하였다. 조선족전사 방월성도 이 결사대에 참가하여 적진을 향해 육박해 들어갔다. 아침 5시, 남창시는 봉기권에 의해 완전히 점령되었다.

남창봉기는 국민당 반동파에 반항하여 중국공산당에서 울린 첫 총소리며 중국공산당이 독립적으로 무장혁명을 영도한 첫걸음이었다. 이 역사적 의의를 가지는 첫 무장봉기에서 쌓은 조선족 용사들의 공적은 청사에 길이 빛날 것이다.

모택동 일화

　모택동은 1893년 12월26일에 태어났다. 고향은 호남성 상담현(湘潭縣) 소산(韶山)향이다. 현재 그곳에 옛집이 보존되고 동상과 기념관이 서 있다. 모택동의 집안은 부농(富農)에 가까운 중농이었다. 아버지는 농사를 지으며 쌀가게도 하고 돈놀이도 하였다고 하는데 아들이 외지에 나가서 공부를 많이 하는 것보다 자기 곁에서 집 안 일을 돕는 것을 더 원했다고 한다. 모택동의 생가는 지금도 잘 간수되어 있다. 방문객의 발길도 끊이지 않는다. 특이한 것은 'ㅁ'자로 된 집안의 한가운데에 돼지우리가 있는 것이었다. 생가를 보아도 분명 빈농이 아니었음을 금방 알 수 있었다.

　그러나 모택동의 아버지 역시 당시의 대다수 농민이 그

랬던 것처럼 빈농으로부터 해방되는 데에는 많은 곡절과 고생이 따랐다. 모택동은 1936년 ≪중국의 붉은 별≫의 저자인 에드가 스노에게 다음과 같이 말한 적이 있었다.

"가난한 농부였던 아버지는 엄청난 빚 때문에 젊어서 군에 입대해야만 했었다. 여러 해 동안 군인 생활을 하다가 고향으로 돌아온 아버지는 근검절약하는 생활 태도와 소규모 사업을 통해 돈을 모았다. 그 돈으로 저당 잡혔던 땅들을 되찾을 수 있었다."

모택동의 아버지 모순생(毛順生: 1870~1920년)은 이름이 이창(貽昌)이고 호는 양필(良弼), 순생은 자(字)이다. 모택동은 아버지를 좋아하지 않았다. 모택동은 자신의 아버지가 성격이 거칠고 이기적이며 식견이 짧다고 비판했다. 독실한 불교 신자였던 어머니 문칠매(文七妹)를 따르고 사랑했던 모택동은 아버지와는 매사에 충돌했다.

아버지가 빚으로 저당 잡혔던 땅을 자신의 노력으로 되찾은 모순생은 중농이 된 뒤에도 곡식 장사를 하여 돈을 꽤 모았다. 모택동은 아버지와 얽힌 사연들을 다음과 같이 회고하였다.

"내가 글자를 조금 알게 되자 부친은 나에게 저녁마다 장부기입을 시켰다. 그는 엄격한 감독이어서 내가 조금이라도 한가롭게 앉아 있는 것을 보지 못하는 성미였다. 장부기입할 일이 없으면 곧바로 농사일을 시키는 것이었다. 부친은 성격이 거칠어 늘 나와 동생을 때렸다. 그는 동전 한 푼도 우리에게 주지 않았고 가장 형편없는 음식만 우리에게 주었다. 그는 머슴들에게는 보름에 한 번씩 달걀을 먹였다. 그러나 고기는 주지 않았다. 나에게는 달걀도 고기도 주지 않았다. 나의 어머니는 인자한 여성으로서 마음씨가 곱고 너그러웠다. 언제나 남을 도우려 애썼고 가난한 사람들을 동정하였다. 재앙이 든 해에는 그들이 쌀을 빌려 오면 자주 내주곤 했는데 부친이 옆에 계실 때엔 그러지 못했다."

모택동은 어지간히 아버지와 다투었던 것 같다. 모택동은 아버지를 각박하고 이기적이며 독단적이라고 싫어하였고 아버지는 아버지대로 모택동을 불효하고 나태하다고 타박하였다. 모택동은 이치를 따지기를 좋아했던 것 같다. 공개적으로 논리를 내세워 아버지와 맞섰다.

아버지가 그를 불효하다고 하면 그는 곧 경서(經書)의 '부자지효'(父慈子孝)를 내세워 '아버지가 자애로워야 아들이 효성을 다하는 것'이라고 맞섰다. 아버지가 그를 나태하다고 나무라면 그는 곧 어른들은 응당 애들보다 더 많이 일해야 한다고 하면서 '내가 아버지 나이가 되면 아버지보다 훨씬 더 많이 일할 것'이라고 대꾸하는 식이었다.

모택동의 재미있는 회고담 하나를 더 들어보자.

"우리 집에서는 변론 투쟁이 부단히 발전하였다. 내가 13세 때의 일이다. 그날 부친은 손님을 많이 초청했었는데 손님 앞에서 부친과 내가 쟁론을 하게 되었다. 부친은 손님들 앞에서 내가 게으르고 무용지물이라고 욕을 하였다. 이에 분통이 터진 나는 맞받아 욕을 하면서 집을 뛰쳐나왔다. 어머니는 나를 쫓아오면서 집으로 돌아가자고 달랬고 아버지는 욕설을 퍼부으면서 뒤쫓아 와서는 집으로 되돌아갈 것을 명령했다. 나는 어느 연못가에 달려가서 한 걸음만 더 다가오면 물속에 뛰어들겠다고 위협했다. 이런 상황에서 내 전정지를 위한 요구와 협상조건이 모두 제기되었다. 부친은 내가 무릎을 꿇고 사과를 해야 하며 잘못을 승인하라고 주장했고 나는 앞으로 나를 때리지 않는다면 한쪽 무릎을 꿇고 절을 올리겠다는 조건을 내세웠다. 전쟁은 이렇게 종결되었다. 이 일을 겪으면서 나는 하나의 도리를 알게 되었는데 즉 내가 공개적으로 반항하면서 자신의 권리를 지킬 경우 나의 부친은 바로 누그러들지만 내가 그냥 온순한 태도로 나갈 때엔 부친은 더욱 기고만장하여 나를 때리고 욕한다는 것이었다."

모택동의 아버지도 그랬지만 모택동 자신도 어린 시절 잠시 군대생활을 했다. 1911년, 신해혁명의 바람을 타고 소년병으로 6개월 가까이 군대 밥을 먹은 경험이 있다.

그러나 당시의 중국 군대는 오늘의 병사들과는 그 실상과 개념이 전혀 달랐다. 오늘의 중국을 이해하는 데에 있어서 당시의 군대에 대한 국민의 시각을 살펴볼 필요가 있다. 청나라 말기도 그랬었지만 중국이 여러 개의 실질적인 왕국으로 쪼개져서 이른바 군벌의 통치를 받던 시절, 백성들은 지배층의 탄압에 시달릴 대로 시달렸다.

어떤 통계에 의하면 원세개가 죽은 1916년부터 장개석의 국민당에 의해 북벌이 어느 정도 매듭지어졌던 1928년 사이에 1,300명의 군벌이 중국 전 지역에서 날뛰었다고 했다. 이들 자칭 군벌들이 성(省) 단위의 작은 규모로 서로 싸우고 공격하며 전쟁을 벌인 차수도 140여 회나 되었다고 하니 이 아수라 통에 백성들이 군대라면 진저리를 칠만도 한 것이었다.

모택동은 홍군에게 이른바 3대규율 8항주의라는 것을 만들어 홍군교육의 지표로 삼았다. 1973년이 저물어가는 12월 21일, 중남해에서는 전국 8대 군구사령관을 참석시킨 정치국 회의가 열렸다. 회의가 파할 무렵, 주은래의 제창으로 원로 군인을 포함한 군구사령관과 정치국 위원들이 모택동의 지휘로 이 ≪3대규율 8항주의≫ 노래를 소리 높여 합창했던 사실은 유명하다. 홍군이 기회 있을 때마다 불렀던 그 노래는 다음과 같이 시작된다.

혁명군인은 기억합시다. 3대규율 8항주의를.
첫째론 모든 행동 지휘에 복종합시다. 보조가 일치해야만 승리할 수 있습니다.

3대규율
1. 지휘에 복종할 것
2. 인민의 바늘 하나, 실 한 오라기도 가지지 말 것
3. 모든 노획물은 조직에 바칠 것

8항주의
1. 말은 친절하게 할 것
2. 매매는 공평하게 할 것
3. 빌려 온 물건은 돌려줄 것
4. 파손한 물건은 배상할 것
5. 사람을 때리거나 욕하지 말 것
6. 농작물을 해치지 말 것
7. 여자를 희롱하지 말 것
8. 포로를 학대하지 말 것

　모택동의 홍군은 이러한 지침을 부단한 교육과 훈련을 통하여 체득하고 실천해 나감으로써 종래의 중국에서는 볼 수 없었던 새로운 면모의 군대 형상을 중국인민 앞에 선보였다. 모택동을 세계의 전투사에서 출중했던 전략가의 한 사람으로 지목한 미국의 군사 전문가 베빈 알렉산더는 ≪위대한 장군들은 어떻게 승리하였는가≫라는 그의 저서에서 당시 홍군의 모습과 특성을 다음과 같이 묘사하고 있다.

　'이 군대는 계층적 명령 체계가 아니라 가능한 한 가장 민주적인 형태를 지향했다. 이들의 군대에는 서방이나 국민당 군대와는 달리 계층과 교육 정도에 의해 사병과 분리되는 명확한 장교단이 없었고 계급과 기장(記章)도 없었다. 남

자들은(종종 여자들도) 그들의 능력을 보여줌으로써 리더가 되었고 사병들은 그들을 '소대장 동무', '중대장 동무'처럼 직함으로 호칭했으며 장교들은 병사들을 구타하거나 학대하지 않았다. 모든 사람들은 함께 살았고 같은 음식을 먹고 똑같은 옷을 입었다.'

정강산과 연안에 있는 모택동과 주덕, 주은래, 유소기, 팽덕회, 진의, 임백거, 임필시 등 혁명 수뇌들이 살았던 토굴 같은 집들이 바로 그러했다. 산 교과서이자 입회인이다. 정강산혁명기념당이나 박물관에 전시된 것들이 대부분 복제품이었던 데에 비해 이곳의 전시품들은 원품이 많다. 연안 요동을 떠나 서백파(西栢坡)를 거쳐 북경으로 가기까지 10년 넘게 이 연안은 중국공산당의 유력한 책원지였고 혁명의 중심지였다. 모택동과 그의 동지들은 여기서 서안사건을 치렀고 국공연합을 이루어 냈고 항일전쟁을 지휘했으며 전 세계에 홍군의 존재를 알렸다.

모택동, 주덕, 주은래, 유소기 등 수뇌들은 연안에서 네 번이나 거처를 옮겨 다녔다. 거처를 옮겨 다닌다고 해서 그들의 주거환경이 나아지는 것이 아니었다. 내내 똑같은 동굴 집이었다. 공간은 여전히 협소하고 간소하다 못해 열악한 집기(什器)와 시설은 변함이 없었다. 보안상 이런 동굴집을 전전하면서도 그들은 장교와 사병, 수뇌급과 일반 당원들이 똑같은 수준의 생활을 꾸려나갔다. 이러한 그들만의 독특한 생활 모습은 에드가 스노 같은 서방 기자들의 눈에 경이(驚異)와 이색(異色)으로 비쳐질 수밖에 없었다.

중공은 연안에서 모든 필요한 물건을 자력으로 마련해야 했다. 독립적인 해방구를 관리해야 하는 만큼 전쟁, 교육, 경제 이 모든 분야에서 관리 시스템과 자원의 조달이 급선무였다. 중공이 연안 시절에 특별히 강조했던 것이 자력갱생과 생산투쟁이었다. 모택동이 자기가 즐기는 담배를 조달하기 위하여 자기의 동굴 앞에 있는 작은 텃밭을 가꾸어 담배를 재배했다는 것도 이 시기의 이야기이다.

중국의 건군기념일은 8월 1일이다. 이것은 1933년 중화소비에트에서 결정되었던 사항이다. 그리고 1949년 새 정부가 수립된 직후, 모택동은 중국인민해방군의 모든 군기와 표징에 '8·1'이라는 글자를 써 넣도록 지시하고 붓글씨로 직접 서명까지 했었다.

8·1건군절은 1927년 8월 1일의 남창기의를 기념해서 정한 것이었다. 남창기의는 중공 중앙 전적(前敵)위원회 서기라는 직책을 맡아 남창에 나타난 주은래를 중심으로 총지휘 하룡과 엽정, 주덕, 유백승, 섭영진, 진의 등이 참여한 대규모 공농홍군의 봉기였다. 당시 기의에 동원된 병력은 하룡의 제20군 산하 7개 퇀(대대 규모의 군부대), 엽정의 제11군 24사의 3개 퇀과 주덕이 퇀장을 맡고 있던 제3군군관 교도퇀과 역시 주덕이 책임자로 있던 남창시 공안국

의 무장 병력 등 2만여 명이었다.

봉기는 새벽 0시 조금 지나 시작되었다. 그때 남창을 지키고 있던 적의 병력은 3,000여 명에 불과했다. 초반의 승리는 물론 기의군의 몫이었다. 병력도 우세했고 사전 계획과 작전도 주밀했고 지휘체계도 통일적이어서 남창시는 즉각 기의군의 수중에 들어왔다.

그러나 그러한 전과를 고수하고 확대하는 일은 그리 간단하지 않았다. 당시 남창 인근 무한과 남경 방면의 지원세력의 사정이 여의치 못한데다가 남창시를 에워싼 적의 규모 역시 기의군의 몇 배에 달하는 엄청난 병력이었다. 결국 남창에서 철수하여 남하할 수밖에 없었다. 8월 2일, 부대를 3개군 재편성하고 3일부터 병력을 이동시켰다. 주은래가 8월 5일 마지막으로 남창을 떠남으로써 남창기의는 결과적으로 성공하지 못한 봉기가 되고 만다.

남창기의는 중국공산당이 자체의 병력을 모아 적과 대규모로 전쟁을 벌인 첫 번째 시도였다는 점에서 역사적 의의가 크다. 남창기의의 첫 총성을 계기로 중국공산당은 자체의 인민혁명군을 건설하기 시작했고 자체의 군대로 무장혁명투쟁을 전개해 나가겠다는 새로운 노선을 확고히 했기 때문이다. 남창기의에 대해 스탈린은 반대를 했다. 모스크바와 코민테른에서는 스탈린의 친서를 휴대한, 스탈린과 동향인 로미 나체라는 대표를 중국에 새로이 보내 남창봉기

계획을 중단시키려 했다. 무장봉기를 강행한다면 코민테른에서는 군사 고문단을 철수시킬 것이며 코민테른의 자금도 봉기에 사용해서는 안 된다고 못 박았다. 그러나 주은래는 이 지령을 무시하고 계획대로 남창기의를 추진시켰다.

중국은 1955년 9월, 10명의 최고 군사지도자에게 '중화인민공화국 원수'를 수여했다. 이른바 중국의 10대 원수가 그것이다. 그중에서 주덕, 진의, 하룡, 유백승, 임표, 섭영진, 엽검영 등 7명이 남창기의에 참가했다. 모택동과 하룡이 처음 만난 것은 연안에서였다. 그러나 모택동은 정강산에 오르면서부터 같은 호남성 출신에 남창기의의 주역이라 할 하룡이라는 이름을 익히 알고 있었다. 그는 곧잘 하룡의 이름을 들어 병사들을 격려하는 연설을 했었다.

"동지들, 하룡은 부엌칼 두 자루를 들고 혁명하여 지금은 한 개 군단을 지휘하고 있습니다. 우리는 지금 한 개 영인데 어찌 더 큰 혁명 대오를 조직할 수 없단 말입니까?"

1959년 9월 모택동은 당시의 팽덕회를 국방부장직에서 물러나게 하면서 그 후임으로 임표와 하룡 두 사람을 꼽고 오래 고심했다. 결국 임표를 낙점하였지만 하룡에게도 새 역할을 주는 묘한 인사를 했다. 모택동은 임표를 군사위원회 제1부주석 겸 국방부장에 임명하면서 그때까지는 없었던 군사 위원회 제2부주석 자리를 새로 만들어 하룡에게 맡긴 것이다. 모택동은 그들 두 사람의 역할을 다음과 같이 설명해 주었다. 그러나 이 권력 분점에 가까운 역할분담은 뒷날 문화대혁명이 시작되면서 임표의 하룡에 대한 엄청난 박해와 하룡의 억울한 죽음으로 연결된다.

'군사위원회 사업은 임표가 출근할 수 있거나 또 외출하지 않았을 때엔 임표가 주최하고 임표가 휴양하거나 외출하면 하룡이 주최해야 하겠습니다.'

하룡은 그의 생애를 비참하게 마감했다. 콧수염을 기르고 정열적이며 낙천적이기도 했던 하룡이 임표의 홍위병으로부터 투쟁의 대상이 되어 곤욕을 치르기 시작한 것이 문화대혁명의 발동기인 1966년이었다. 해가 저물어갈 무렵 홍위병들이 하룡의 집을 덮칠 것을 미리 눈치챈 주은래가 그를 피신시켰다. 그와 가족들은 서부 산악지대로 피신했다. 1967년 1월10일부터 이튿날까지 홍위병은 하룡의 집을 샅샅이 뒤져 금고를 따고 1,000매나 되는 기밀서류를 압수해 갔다.

서부의 은신처에서 그와 그의 아내 설명(薛明)은 잠시나마 평화롭게 지냈다. 그러나 그곳은 임표가 관할하는 군의 통제지역이었고 비밀경찰의 총수격인 강생의 지배 아래 있었다. 곧 하룡은 '투쟁'의 대상이 되어 집회에 끌려 나왔다. 그러나 하룡은 투쟁의 대상이 되기에는 너무 벅찬 존재라고 생각한 강생이 방법을 바꾸어 의학적 수단을 사용하기로 마음먹었다. 하룡은 오랫동안 당뇨를 앓고 있었고 인슐린 치료를 받고 있었다. 병세가 심각했는데 그들은 하룡에게 인슐린이 아닌 포도당 주사를 놓기 시작했다. 의학적인 살인이었다.

남창기의가 있고 한 달쯤 뒤인 9월 9일, 모택동은 장사에서 추수기의를 일으켰으나 역시 실패로 끝난다. 당의 지시에 따라 전국의 4개성에서 동시에 일으킨 추수봉기였으나 호남성의 지도자 모택동도 예외 없이 일단은 실패하고 만다. 도시에서의 군사혁명에 실패한 주은래는 서금, 광주, 홍콩 등지를 잠행한 끝에 가까스로 중공 중앙이 있는 상해로 갈 수 있었다.

상해에서 주은래가 중공당의 핵심으로 지하 활동을 벌인 반면에 모택동은 농민 혁명의 근거지를 더욱 확실하게 다지기 위해 호남성과 강서성의 접경지역이자 험난한 산악지대인 정강산으로 숨어 들어갔다. 모택동과 주은래가 비록 실패하기는 했으나 이 봉기를 통해서 다시 한번 군사력에 의한 공산혁명노선을 확실히 했다는 점이 중공당의 노선정립에 중요한 분기점이 되었다.

당시의 소련은 여전히 도시 노동계급을 근거로 한 공산주의 활동을 지지하고 모택동과 주은래를 멀리하며 당시까지만 하여도 도시 활동을 중시하던 유소기를 중용했다. 그러나 주은래는 그 특유의 정치력을 발휘하여 여전히 당의 핵심에 있으면서 그의 위치를 활용하여 모택동의 정강산

투쟁과 소비에트 건설을 크게 협력해 나섰다.

이듬해 4월 주덕과 진의가 남창기의에 참가하였던 잔류부대를 이끌고 정강산으로 모택동을 찾아 합류한다. 이때의 주덕과 모택동의 역사적인 회동을 기념하는 다리 하나가 영강(寧岡)에 세워져 있다. 이름은 '회사교'(會師橋)이다. 모택동이 1927년 정강산으로 향할 때도 이 차릉과 영강을 거쳐서 갔었다. 당시의 부대는 말을 타거나 보행이었을 것이다.

정강산에서 모택동과 주덕이 힘을 모으면서 혁명군의 세력은 크게 불어나서 4,000명이 넘는 대부대로 성장한다. 이제 병사들의 식량 문제와 각종 보급품의 조달이 어려운 과제로 등장한다. 이 무렵의 정강산 실상의 여러 모습은 모택동이 1928년에 쓴 ≪정강산 투쟁≫이란 제목의 보고서에 잘 나타나 있다.

모택동과 주덕의 만남은 중국 혁명사에서 매우 의미 있는 사건으로 평가되고 있다. 주덕과 모택동을 묶어 세상에서는 흔히 '주모'(朱毛)라 하고 그 부대를 주모부대라 했다. 연안 시절만 해도 중공중앙의 회의장엔 주덕과 모택동의 사진이 나란히 걸려 있었던 것을 당시의 사진을 통해 볼 수 있다. '주모'에 얽힌 다음과 같은 일화가 있다.

'저'(猪)가 없으면 어떻게 '모'(毛)가 붙어 있겠습니까!

1973년 12월 21일 오후 3시, 북경의 중남해이다. 몇 십 명의 정치국, 군사위 간부들이 주석 모택동을 기다리고 있었다. 3시 5분, 모택동이 비서의 부축을 받으며 회장에 들어섰다. 그 뒤에는 주은래와 엽검영이 따랐다. 모두 기립해 모택동을 반겼다. 모택동은 맨 먼저 주덕에게 손을 내밀었다. 주덕은 한 발짝 앞으로 나서면서 모택동에게 인사말을 건넸다.

"주석 동지, 안녕하십니까?"

모택동이 말했다.

"총사령 동지, 안녕하십니까? 당신은 붉은 사령관입니다. 어떤 사람은 당신을 검은 사령관이라고 하지만 나는 언제나 그들을 비판했습니다. 나는 당신을 붉은 사령관이라고 합니다. 그래 지금도 붉은 대표가 아니십니까?"

주덕이 어색하게 웃으며 말했다.

"아닙니다. 주석 동지가 총사령이십니다!"

모택동이 머리를 저으며 재미있게 말했다.

"아니, 아닙니다. 주(朱－猪) 모(毛)니까 당신은 '猪'고 나는 그 몸의 털입니다. '猪'가 없으면 어떻게 '毛'가 붙어 있겠습니까?!"

중국어로 붉을 주(朱)와 돼지 저(猪) 자의 발음이 비슷한 것을 빗댄 모택동의 재치 있는 유머였다.

1928년, 정강산에서의 회사(會師)로부터 긴긴 세월이 흘렀다. 정강산 이래로 두 사람 사이는 정말 돈독했었다. 1935년 1월, 장정 도중의 준의회의에서 모택동은 실질적인 중공당과 군대의 지도권을 쥐게 된다. 그러나 이 과정에서 모택동을 지지했던 주덕은 그냥 그대로 중공당의 중앙혁명 군사위의 주석 자리와 중국 공농홍군총사령관을 맡는다. 1937년 항일전쟁이 본격화되면서 중공군은 국공합작에 의해 국민혁명군 제8노군으로 편입되는데 역시 주덕이 팔로군의 총사령관직을 맡게 된다. 전략과 정치는 모택동, 전쟁 지휘는 '홍군의 아버지'인 주덕이라는 식이었다.

1956년 7월, 소련 공산당 제20차 대회에 중공 대표단의 단장으로 모택동을 대신하여 70세의 주덕이 참석하였다. 그때 그는 중공 국가부주석, 국방위 부주석 등을 맡고 있었다. 그런데 전혀 예기치 않았던 사태가 주덕을 기다리고 있었다. 후르시초프가 스탈린을 격렬하게 비난하고 나섰던 것이다. 주덕은 즉시 모택동에게 전보문을 보내 지시를 내려달라고 했다. 그러면서 상황으로 보아 소련 측의 입장을 지지하는 것이 어떻겠느냐고 자기의 의견을 비쳤다고 한다. 어떤 모택동 측근의 기록에 의하면 주덕의 보고를 받은 모택동은 화가 나서 주덕이나 후르시초프나 다 믿을 수가 없다고 말했다는 것이다.

당시 중국의 국비 유학생으로 모스크바에서 공부하던 한 학생의 회고를 통해 소련에서 전개되고 있던 스탈린 격하 운동의 한 단면을 알아보기로 하자. 연변대학의 박사 지도 교수로 활약했던 정판룡 교수의 저서 ≪고향 떠나 50년≫

에서 소련 유학생으로서 겪었던 당시의 모스크바 분위기를 간결하고 생생하게 알 수 있다.

'……1957년 7월에 모스크바에서 소련 공산당 제20차 대회가 열렸다. 당 대회에서 후루시초프가 이전과는 전혀 다른 새로운 노선과 정책을 내놓았는데 그 내용인즉 미국 같은 제국주의 국가와 평화공존을 해야 하며 사회주의 혁명도 폭력으로가 아니라 국회 선거를 통하여 평화적 이행을 할 수 있다는 것 등이었다. 더욱 우리를 놀라게 한 것은 스탈린에 대하여 재평가를 해야 한다는 것이 이번 대회에서 논의되었다는 것이다. 스탈린은 우리가 이전에 생각하던 것처럼 그런 위대한 분이 아니고 사업 가운데서 오류를 많이 범했고 특히 1930년대 숙청운동 시기에 무고한 사람들을 많이 처단한 독재자라고 하였으며 2차 대전 시기 소련이 한때 큰 실패를 본 것도 스탈린 때문이라는 소문까지 돌았다. 우리 중국 유학생들은 무슨 영문인지를 몰라 중국대사관에 가서 물어보았으나 아직 이에 대한 상급의 지시가 없다고 하였다……

……중국대사관에서 《인민일보》에 스탈린 문제를 어떻게 보아야 한다는 데에 대한 중요한 글이 실렸으니 모두 주의해 보라는 통지가 왔다. '무산계급독재의 역사적 경험에 대하여'란 제목의 글인데 내용인즉 스탈린의 과오에 대하여 역사적으로 보아야 하며 또 스탈린은 일부 과오가 있기는 하나 과오보다 공로가 훨씬 큰 위대한 마르크스주의－레닌주의자라는 것 등이었다.

모택동과 후루시초프의 갈등은 첨예해졌었다. 이런 와중에 모택동이 두 번째로 소련을 찾아왔다. 1956년 10월 모스크바에서 열리는 사회주의국가 공산당회의와 11월 7일의 소련 10월사회주의혁명 40돌 경축대회 참석차 모스크바에 온 것이다. 모스크바의 중국 유학생들은 대사관에 모택동을 따로 만나게 해달라고 간청했다. 11월의 어느 날 오후 3시경에 모택동은 유학생들이 기다리는 모스크바대학 강당에 나타났다.

모택동 주석은 강당 입구 앞에 서 있는 우리를 보더니 수고한다고 하면서 손을 내밀었다. 나는 평생 처음으로 모택동주석의 두터운 손을 잡아보았다. ……학생회 간부들이 모택동 주석 일행을 안내하여 강당에 들어서자 거기서

기다리던 학생들은 강당이 떠나갈 듯이 "모택동 주석 만세!"를 높이 불렀다. ……이어 모택동 주석은 국제정세에 대하여 이야기했다.

원래 호남성 사람인 그의 말에는 호남성 사투리가 더러 섞여 있었다. 그래서 나처럼 아직 중국어에 능통하지 못한 조선 사람은 좀 알아듣기 힘들었다. 모 주석은 한참 동안 나라 이름들을 들어가면서 국제형세를 분석하더니 큰소리로 "지금은 동풍이 서풍을 압도하고 있는 것이 아니라 동풍이 서풍을 압도하고 있습니다."라고 하는 것이었다……

후에 안 일이지만 '동풍이 서풍을 압도한다.'는 말은 중국 고전명작 ≪홍루몽≫에 있는 명구의 하나라고 하였다. 모택동 주석은 중국 고전에 정통한 사람이었다. 그날 미리 준비 없는 강화를 하면서도 고전들을 수없이 인용하고 있었다……'

주덕이 인솔했던 대표단에 등소평이 있었다. 주덕을 단장으로 한 중공 대표단은 주덕 외에 등소평, 담진림, 왕가상(王稼詳) 등이 대표로 참석하고 있었다. 문화대혁명 때 다들 혼쭐이 난 사람들이다. 그중에서도 왕가상은 연안 시절부터 모택동의 측근에서 모택동사상을 정립하는 데에 있어서 획기적인 전환점을 만들었던 공신이었다. 서안의 팔로군판사처 옛터 전시실 벽에는 왕가상의 사진이 걸려 있다. 젊은 공산주의자 왕가상이 책상 앞에서 집필하고 있는 모습의 사진 설명에 '모택동사상'이라는 말을 최초로 쓴 사람이 왕가상인 것으로 기록되었다.

왕가상은 또 스탈린과 코민테른이 모택동을 중국공산당의 지도자로 인정한다는 내용의 메시지를 모스크바에서 중국 연안으로 갖고 온 사람이었다. 준의회의 이후 줄곧 주은래와 함께 모택동의 지도력을 뒷받침하는 데에 헌신적이었던 그는 정부 수립 후 초대 주소련 대사를 이어서 외교부 부부장과 중공 중앙 대외연락부 부장직을 오랫동안 맡았었다.

그런 그가 문화대혁명이 일어나자 바로 체포되었다. 1967년 그는 홍위병 앞에서 갖은 곤욕을 다 치렀고 주은래 축출에 앞장섰던 어느 외교관으로부터는 뺨을 맞고 쓰러지기도 했다. 18개월간 독방에 갇혀 고생하다가 1970년 임표의 지시로 무한 서북쪽의 시골로 쫓겨갔다. 1974년 1월, 73세로 왕가상은 죽었다.

모택동은 지역별로 영향력이 있는 8대 군구 사령관들의 인사 배치를 새로이 하는 한편으로 군대의 선배격인 등소평을 다시 기용, 군사위원회의 실질적 리더로 부각시켰다. 군구사령관과 군대의 원로들 앞에서 문화대혁명기간 중 실각했던 등소평의 재등용을 알리면서도 모택동은 등소평에게 일침을 놓는 것을 빠뜨리지 않았다.

"나는 오늘 군사위원회에 지도자 한 분을 모셔왔습니다. 그분의 성함은 등소평이라고 합니다. 바로 이분입니다. …… 어떤 사람들은 그를 조금 어려워합니다. 그는 일을 과단성 있게 처리합니다. 그도 나와 마찬가지로 70%는 유용한 일을 해왔으며 30%는 잘못되었습니다. 그는 동지들의 옛 상급자였는데 내가 청해왔습니다. 나 한 사람이 청해온 것이 아니라 정치국에서 청해왔습니다"

이렇게 등소평을 소개하며 치켜세웠던 모택동은 등소평에게, 모택동 자신에 못지않게 반항적인 등소평의 성격을 꼬집어 주의를 준다.

"소평 동지, 남들이 동지를 좀 무서워하고 있는데 내가 동지에게 두어 마디만 말하겠소. 외유내강(外柔內剛), 면리장침(綿里藏針)하라고 말이오. 겉으로는 상냥스럽되 속은 강철 바늘이 되란 말이오. 지난날의 결점은 점차 고쳐나가십시오!"

그동안 군대는 홍위병의 난리와 '4인방'의 횡포에 넌더리를 내고 있었으며 군대의 위신은 물론 사기까지 떨어지고 있었다. 모택동은 임표가 사실상 통괄 지배했던 군대를 추슬러야 했고 그것을 맡을 유일한 적임자로 등소평을 꼽았다. 그러나 모택동은 등소평을 다시 등용하는 데에 있어서 엽검영을 내세워 주덕 등 군대의 원로들과 의논하는 모양을 갖추었다.

등소평은 군대의 선배로서 당시 군구사령관들로부터도 인간적인 신뢰와 지지를 받고 있었다. 군구사령관의 인사이동은 그리 쉬운 일은 아니었다. 그동안 군구사령관들은 임표의 지원을 받아왔고 혁명 1세대들이 계속 숙청을 당해 중앙당의 통제력이 하강된 상태였다. 그리하여 그들의 영향력은 날로 커가고 있었다.

언젠가 모택동은 "나는 임표의 말만 듣고 오류를 범했습

니다."고 토파한 적 있다. 즉 대립물의 통일을 오해한 것
같았다.

자기 사후의 지방 분할과 군벌화에 몹시 신경을 써왔던
모택동으로서는 이 시점에서 군구사령관들의 위치를 싹 바
꾸어놓아야 한다고 생각했을지 모를 일이다. 그리고 이러한
모임을 통해 모택동 자신에 대한 군대의 신뢰와 충성을 재
확인하고 군대의 사기를 북돋워야 했다. 모택동이 입을 열
었다.

"……제2 방면군의 하룡이 보이지 않는군요. 내 보기에
하룡 동지의 문제는 잘못 처리되었습니다. 이 일은 나에게
책임이 있습니다. 당시 나는 하룡에게 '당신은 다릅니다.
당신은 한 개 방면군의 깃발입니다. 나는 당신을 보호하려
고 합니다!'라고 말했습니다. 총리도 그를 보호했습니다."

당시 억울하게 모택동과 임표로부터 내침을 당했던 군의
지도자가 적지 않았다. 하룡에 대해 미안한 마음을 표시했던
모택동은 이어 그들 희생자들의 명예회복까지도 거론했다.

"명예를 회복해야 합니다. 그렇잖으면 하룡을 잃게 됩니
다. ……모두 임표가 저지른 일입니다. 나는 임표의 말만
들었기 때문에 오류를 범했습니다. 또 나서경의 명예도 회
복시켜 주어야 합니다. 소평 동지는 말하기를, 임표가 상해
에서 나서경에게 불의의 습격을 가했는데 나서경에게 불만
을 가진 임표가 그런 짓을 했다고 말했습니다. 나는 그런

임표를 지지했습니다. 말하자면 임표의 말을 듣고 나서경을 못살게 굴었습니다."

이때 주은래가 거들었다. 모택동에게 보낸 나서경의 편지에 대한 모 주석의 회시가 있었는데 이것은 정치국에 이미 보내졌고 곧 나서경의 명예회복이 이루어질 것이라고 말했다. 모택동이 다시 말을 이었다. 완전히 셀프크리티시즘(S elfcriticism)에 가까운 반추의 고백이 아닐 수 없다.

"명예를 회복시켜 주어야 합니다. 잘못 투쟁당한 사람들의 명예를 몽땅 회복시켜 주어야 합니다. 나에게 책임이 있습니다. 몇 번이나 한쪽 말만 들었는데 잘못된 일입니다. 잘못되었어요. 오늘 동지들에게 자기비판을 합니다."

주은래와 모택동이 다시 말을 주고받는다. 주은래가 입을 연다.

"저도 자기비판을 하겠습니다. 노 동지들을 주석께서는 줄곧 보호하셨습니다만 많은 경우 저의 사업이 따라가지 못했습니다……."

"당신인들 무슨 용빼는 재주가 있었겠소? '최고지시'도 소용없었는데 그들이 당신의 말을 들었겠소?"

이날 모택동은 많은 말을 했던 것으로 알려지고 있다. 자리를 옮기는 사령관들에게 일일이 다짐을 받았고 주의와 지시도 했다. 모택동을 이해하는 데에 도움이 될 만한 그의 발언 몇 대목을 옮겨본다.

"……내가 한 말이라고 해서 모두가 영단묘약이 아닙니다. 주로는 동지들 자신이 조사 연구한 것에 의거해야 합니다. ……나와 양득지 동지도 처음부터 잘 아는 사이는 아니었습니다. 그가 한 개 여(旅)의 병력을 거느리고 연안에 왔을 때에 비로소 그를 알게 되었습니다. 어느 날 그는 도망병을 붙잡으려고 했습니다. 나는 그에게 도망병을 붙잡지 말라고 했습니다. 도망가는 것은 있기 싫어서 하는 짓인데 도망을 가게 내버려 두라고 말입니다. 그리고 만약 붙잡았다면 도망병의 마음을 풀어주기 위해 돼지고기를 한 끼 톡톡히 먹이라고 일렀습니다. 포승줄로 억지로 동여매서 붙잡아 와서 어찌 부부가 될 수 있고 같이 혁명을 할 수가 있겠습니까? 그가 내가 시키는 대로 했기에 우리는 서로를 잘 알게 되었습니다. 익숙하지 못한 것이 많았었지만 지금은 서로 너무 익숙합니다!"

모택동은 또 이 자리에서 세상일이란 항상 양면성이 있기 마련이고 그 양면의 대립성과 통일성에 대해 자기 나름의 생각을 피력하기도 했다.

"차 한 잔, 담배 몇 개비면 됩니다. 군자들 사이의 사귐은 물처럼 담담하고 술로 사귄 친구는 믿음직하지 못합니다. 우리 일부 동지들은 술로 친구 사귀기를 즐기는데 그래도 이 일은 괜찮습니다. 세상일이란 언제나 두 측면을 갖고 있기 마련입니다. 염결함이 있으면 반드시 탐오가 있고 탐오가 있으면 또 염결함이 있는 법입니다. 염결함만 있고 탐오가 없어도 안 됩니다. 이 손은 염결함이고 이 손은 탐오인데 이게 바로 대립물의 통일이라는 것입니다. 세상일이란 모두 대립물의 통일입니다. ……오늘 적잖게 말을 했는데 이만 그칩시다…….”

모택동의 말이 끝나자 주은래가 일어나 큰소리로 제안을 했다.

“한 가지 건의를 하겠습니다. ‘3대규율 8항주의’란 노래의 제1절을 함께 부르는 것이 어떻겠습니까?”

모택동이 손뼉을 치며 찬성했다.

“그래요. 그 대목이 중요합니다. 그리고 8항주의가 있는데 첫 번째로 말을 친절하게 하는 것이고 다섯 번째로 주의할 점은 군벌작풍을 근절하자는 것입니다. 이것을 기억하고 우리 모두 만년의 절개를 지켜가야 합니다. 등소평 동지가 지휘하기로 합시다. 소평 동지, 모두 동지의 지휘를 받겠소!”

등소평이 손을 내저으며 사양한다.

“아닙니다. 총리께서 지휘를 맡으시는 게 좋겠습니다!”

주은래 역시 다급하게 사양의 뜻을 밝힌다.

“아니, 아닙니다. 주석께서 지휘하셔야 합니다!”

모택동이 흔쾌히 지휘를 맡겠다고 나섰다. 그는 힘겹게 일어서서 몇 구절 가사를 흥얼거리더니 큰 손을 휘둘렀다.

주덕, 주은래, 엽검영, 등소평, ……중국혁명의 별들이 다시 모여 젊은 시절의 노래를 합창하고 있는 것이다. 그날은 1973년 12월 21일로서 문화대혁명의 조명등이 서서히 꺼져가는 시기였다. 거꾸로 말하면 그날을 계기로 조명등의 불빛이 천천히 조도(照度)를 조절해 가고 있었다.

남창기의의 날짜를 기념하여 제정된 이 8·1건군절이 하마터면 문화대혁명기간 중에 완전히 뒤엎어져서 역사 속에 매몰될 뻔했다. 1967년이면 전 중국이 문화혁명의 열기와 광기에 휩쓸려 있을 때이다. 날씨조차 싸늘한 2월 4일, 아침부터 남창시의 중심광장엔 사람들이 모여들기 시작하더니 이내 10만의 군중이 되었다. 8·1건군절에 대한 역사적인 오류를 바로잡는 대규모 군중대회가 열린 것이다. 가장 신성한 모택동 주석이 영도하고 일으킨 9·9추수기의가 있는데 어떻게 총리인 주은래가 영도한 8·1남창기의 기념일이 건군절이 될 수 있단 말인가? '모 주석 만세!'는 있어도 '주 총리 만세!'는 없지 않은가? '8·1의 역사적 오류'를 '9·9의 역사적 진실'로 바꾸어야 한다. ……이렇게 군중들은 외치면서 남창시내의 '8·1'이 들어가 있는 모든 공공건물과 장소의 사용을 금지하고 '남창 8·1기의 기념관'도 초대소나 식당으로 개조해야 한다고 들고 일어났다.

남창에서 벌어지고 있는 이 어처구니없는 '건군기념일 반란사태'를 모택동이 알게 된 것은 모택동의 상해출장에 수

행하고 있던 해방군 대리 총참모장 양성무의 보고에 의해서
였다. 양성무가 조심스럽게 말을 꺼냈다.

"주석님. 지금 어떤 사람들은 8월 1일을 건군절로 하는
것을 반대하고 있습니다. 심지어 '8·1'이라는 군대휘장도
없애려고 합니다. 남창뿐만이 아니고 북경 등 여러 도시에
서 이 같은 소리들을 떠들어대고 있습니다……."

모택동이 이상하다는 듯 이마에 주름을 지으며 묻는다.

"그건 왜요?"

"그들은 모 주석께서 영도하신 '추수기의'의 기념일인 9
월 9일을 건군절로 해야 한다고 주장하고 있습니다!"

"……"

"그들은 남창기의 때 내걸었던 것이 국민당군대의 깃발
이고 국민당 혁명위원회의 이름으로 영도했기 때문에 결국
국민당이 일으킨 기의나 다름없다고 말합니다. 대신 추수기
의는 완전히 모 주석께서 영도한 순수한 공산당 영도하의
기의이며……"

"헛소리!"

"무슨 놈의 '9·9건군절'이란 말인가?!"

모택동이 양성무의 말을 가로막는다.

"무슨 놈의 '9·9 건군절'이란 말이오? 말도 안 될 소리.
그들은 몰라도 너무 모르오. 남창기의가 먼저고 추수기의는
그 후란 말이오. ……그리고 두 번의 기의는 다 당 조직에

서 결정해서 일으킨 것이란 말이오. 내가 당 조직에서 파견되어 추수기의를 일으켰다면 주은래 역시 당 조직의 파견을 받아 기의를 영도했단 말이오."

"……"

"우리는 역사 유물주의자들이오. 추수기의를 일으킨 그날을 건군절로 한다는 건 역사의 진실에 어긋나는 것이고 역사유물주의 관점에 맞지 않는 거요!"

"……"

"받아 적으시오. 내가 말하는 걸……"

양성무가 필기도구를 가져오자 모택동이 말을 이었다.

"이 일은 1933년 중화소비에트공화국 임시정부에서 결정을 내렸던 것이다. 반란파들은 역사를 모르고 행동하고 있다. 남창기의는 전국적인 것이고 추수기의는 지역적인 것이다. ……8·1절이 멀지 않다. 올해의 건군절 초대회는 규모를 기왕의 것보다 더 크게 한다. 노 원수들을 모두 초청한다."

과연 그렇다면 모택동에 대한 중국인들의 평가는 어떠할까?

1993년은 모택동의 탄생 100주년이었다. 그 해가 다 저물어 가는 12월 20일, 위인의 고향 소산에서는 큰 행사가 있었다. 모택동의 동상제막식이었다. 중산복 차림의 미소를 머금은 모택동의 거대한 동상이 강택민 주석이 참석한 가운데 제막되었다. 9라는 숫자를 상징하는 듯 아홉 개의 계단이 있고 그 위에 동상 높이 6m, 대리석으로 된 좌대가 4.1m, 총 10.1m 높이의 모택동동상이 소산의 높은 산자락을 배경으로 세워졌다.

모택동이 다녔다는 장사 제1사범학교 역시 유명하다. 전체적으로 웅장하고 고풍스런 분위기에 공원같이 아름다운 학교다. 현재 재학생수는 무려 2,000여 명에 달한다. 호남성의 가장 우수한 교사진이 가장 우수한 학생들을 가르친다. 학생들 역시 모택동의 직계후배라는 긍지가 대단했다. 모택동이 책벌레이며 별명이 '시사통'(時事通)이었다. 그이는 재학교 시절에 세계지도와 영어사전과 필기장을 늘 끼고 다녔었다. 모택동은 소년 시절부터 호남성의 좁은 소산에서 뛰쳐나오고 싶어 했고 큰 도시인 장사에서 공부하면서도 중국 전체와 중국 밖의 더 넓고 큰 세계에 대한 동경과 갈망이 컸다. 자연히 그는 외부소식과 정보를 전해주는 신문이나 잡지류에 대해 남다른 관심을 갖게 되었다.

정강산 혁명열사기념당 전시실에서 바깥으로 나오면 오른쪽에 열사들의 얼굴 조각과 입체 동상들을 모아 놓은 조소원(雕塑園)이라는 이름의 아름다운 정원이 있다. 유난히 눈에 띄는 젊은 여인의 전신상(全身像)이 하나 있었다. 전신상이긴 하나 완전한 입상(立像)은 아니고 무릎 부위 윗부분만 좌대에 올려 있는 하얀 대리석 조각이다. 강인한 눈빛으로 먼 하늘을 바라보는 젊은 여인인데 기다랗게 땋은 머리 다발이 앞가슴으로 흘러내리고 있는 조각 작품이다. '하자진'(賀子珍)이라는 이름이 조각 좌대에 새겨져 있는데 모택동의 두 번째 부인이다.

하자진의 회고에 따르면 모택동은 정강산 시절 신문 구하기가 무척 어려웠었다고 한다. 정강산에 대한 국민당군대의 봉쇄가 삼엄했던 것이다. 당시 상해에서 발행되던 ≪신보≫(申報)라는 신문을 한 달이 지나서야 겨우 구해볼 수 있었다. 모택동은 부하를 변장시켜 인근의 도시와 읍 근처로 특별히 보내서 소상인들과 접촉하여 비싼 값으로 신문을 사오기도 했고, 어떤 때는 부하들을 적진(敵陣)으로 침투시켜 신문을 빼앗아 오기도 했다.

1929년 홍군은 감남 지방과 민서 지방으로 진군한 뒤에도 그러한 방법으로 신문을 구하곤 했었다. 하자진 자신도 신문 노획작전에 참가하였었다. 송유(宋裕)란 사람과 서금(瑞金)으로 가서 신문을 빼앗아 오기로 했는데 하자진도 동행했던 것이다. 그녀는 서금성을 공격하여 현정부에 돌진해 들어갔다. 국민당 정부의 ≪중앙일보≫(中央日報)와 상해, 광동, 복건, 강서의 지방 신문들을 큰 보자기에 싸서 가져온 그녀를 모택동이 어느 사당의 문간에 미리 와서 기다리고 있었다. 한 묶음의 신문을 손에 든 모택동이 감격해서 "이토록 많은 정신의 양식을 나는 어떻게 먹을 수 있을까?"라고 기쁨에 겨워 외쳤다고 한다. 모택동이 '책벌레'라는 말은 아마 근거가 충분한 것 같다.

사숙 공부를 끝내고 모택동은 1910년 신식 학교라는 상향(湘鄕) 동양소학교에 입학한다. 그러나 이 학교는 아직도 경서(經書)만을 다룰 뿐 신식 학과를 가르치지 않았다. 할 수 없이 모택동은 학교의 작은 도서관에 가서 혼자서 '신학'(新學)을 공부한다. 주로 역사와 문학에 관한 책을 많이 읽었다. 그는 친구인 초자승(肖子昇)으로부터 ≪세계영웅호걸전≫을 빌려 읽었는데 워싱턴, 링컨, 나폴레옹, 피터 대제(大帝), 루소, 몽테스키외 등 서양 영웅들의 생애에 깊이 빠져들었다. 그는 빌린 책이라는 사실도 잊어버리고 책에다 마구 줄을 긋고 방점들을 찍으며 흥미 있어 했다. 그는 독후감에 이런 말도 남겼다고 한다.

'중국도 이와 같은 인물들이 있을 때에야 비로소 월남이나 조선, 인도의 전철을 밟지 않을 것이다.'

어쩌면 모택동이 한반도의 역사와 운명에 대해 언급한 최초의 발언일지도 모르겠다. 이 무렵 그는 엄복(嚴復)이 번역한 세계의 명작들을 많이 읽었었다. 아담 스미스의 ≪국부론≫(國富論), 몽테스키외의 ≪법의 정신≫, 헉슬리의 ≪천연론≫(天演論), 밀의 ≪논리학≫, 젱크스의 ≪정치학사≫, 예본스의 ≪논리학 입문≫ 등과 다윈의 ≪종의 기원≫에 관한 이론도서들이었다.

새로 지은 북경대학 도서관에 가보면 국내외 인사들의 흥상들이 복도와 로비에 세워져 있는 것을 쉽게 볼 수 있다. 이색적인 인사로는 인도 시인 타고르가 있고 북경대학 초대 교장이었던 엄복(1853~1921년)의 흉상도 새로 만들어져 있다. 엄복은 유명한 학자이며 우수한 번역가였다. 복건성 출신으로 계몽사상가였던 엄복은 최초로 영국 유학을 다녀온 대표적인 지식인으로 ≪천연론≫, ≪국부론≫, ≪법의 정신≫ 등 서양의 명저들을 중국의 청년과 지식인들에게 소개하였다. 북경의 민족출판사가 1999년 7월에 펴낸 ≪중국역사에 영향을 준 100명 명인≫[影響中國歷史100名人]이란 책에는 엄복이 100명의 역사적 명인 속에 포함되어 있다.

이 책의 내용을 얼핏 살펴보면 최근의 중국 지식인들의 역사에 대한 시각의 한 단면을 엿볼 수가 있다. 10명씩 묶어 총 10편으로 되어 있는데 제1편엔 황제, 공자, 모택동, 등소평 등이 있고 제2편엔 이세민, 주원장, 손중산, 장개석 등이 들어 있다. 장개석 편의 표제는 ≪통일민국을 건립한 장개석≫으로 되어 있다. 제4편엔 굴원, 사마천, 이백, 두보, 사마광, 소동파, 양계초, 노신 등 역사가와 문인, 제7편엔 주희, 엄복, 진독수 등과 제10편엔 관우, 제갈량, 악비, 채원배 등이 등장한다. 끝으로 부록으로 10명의 지탄받을 대표적 인물을 소개하고 있는데 은나라의 주왕, 수나라의 양제, 자희 태후, 진회, 조고, 동탁과 원세개 등이 중국에 해를 끼친 못된 인물로 꼽히고 있었다.

장사에 있는 호남 제1사범학교에 모택동이 들어간 것은 1913년, 그의 나이 스무 살 때였다. 1918년 여름, 그가 이 학교를 졸업하기까지의 5년간은 중국뿐 아니라 세계적으로도 격동과 변화가 컸던 시기였다. 재학 중에 그는 역사와 문학, 철학 등에 특별한 흥미를 보였는데 평생을 두고 존경하는 선생님들을 만나는 행운도 가질 수 있었다. 원중겸이라는 한어 선생이 있었다. 그는 고문을 매우 중시하여 모택동에게 고문을 많이 읽도록 지도했다. 모택동은 ≪시경≫(詩經)과 ≪초사≫(楚辭) 등을 열심히 읽었고 한유, 유종원, 소식 부자 등 당송 8대가의 사문도 구해 읽으며 고문을 익혔다. 역사 과목에도 관심이 컸던 그는 학교 수업 후에도 유명한 사서들을 찾아 읽었다.

그런 그에게 사마광의 ≪자치통감≫(資治通鑑)은 눈이 번쩍 뜨이는 책이었다. 북송의 사마광(1019~1086년)이 쓴 이 방대한 사서를 모택동은 열일곱 번이나 읽었다. 후에 모택동은 ≪자치통감 평석≫(資治通鑑評釋)을 써서 이 책에 대한 그의 깊은 관심과 해박한 지식을 세상에 알렸는데 매우 높은 수준의 노작이라는 말을 듣고 있다. 모택동은 사마광이 불우한 환경을 극복하여 이 역사적인 저술을 완성한 것을 높이 평가하였다. 1975년에 모택동은 마지막까지 그의 신변을 돌보았던 맹금운(孟錦雲)과 이야기하면서 이러한 면을 특히 강조하였다.

"중국에는 두 개의 대작이 있다. ≪사기≫(史記))와 ≪통감≫이다. 두 작품은 모두 재간을 지닌 사람이 정치적으로 불우한 처지에서 편찬하였다. 이로 미루어 볼 때 사람이 타격을 받고 어려움에 처해졌다고 해서 반드시 나쁜 것만은 아닌 것 같다. 물론 이것은 재간과 뜻이 있는 사람을 두고 하는 말이다. 이 두 가지를 갖추지 못한 사람은 타격을 받으면 의기소침해지거나 마구잡이가 되고 만다. 심지어 자살까지도 하게 될 것이다. 그것은 별개의 문제이다."

맹금운의 회고에 따르면 모택동은 만년에 침대 머리에 늘 ≪자치통감≫을 놓아두었다고 한다. 너무 많이 읽어서 책이 너덜너덜해졌으며 적지 않은 페지는 투명 반창고로 붙여놓기까지 하였다. 한 번 읽기 시작하면 반나절인데 지치면 몸을 고쳐 앉으며 또 몇 시간이나 읽었다. 어느 날, 모택동은 점심 식사를 끝내고 대청의 소파에 한가하게 기대어 앉았다. 맹금운이 보기에 오늘은 책을 읽지 않을 것 같았다. 그런데 모택동이 맹금운을 향해 빙그레 웃으며 책상 위의 ≪통감≫을 가리키며 묻는 것이었다.

"맹 부자, 내가 이 책을 몇 번이나 읽었는지 아시오?"

모택동은 맹금운이 대답할 겨를도 주지 않고 말을 이었다.

"열일곱 번을 읽었소. 읽을 때마다 새삼스레 수확을 얻곤 하오. 정말 보기 드물게 훌륭한 책이오. 아마 이번이 마지막 한 번일지 모르겠소. 읽고 싶지 않은 것이 아니라 그

럴 겨를이 없단 말이오."

모택동은 맹금운에게 자치통감을 해설해 놓은 책을 주면서 읽어보라고 권하기도 하였다. 아무튼 두 사람은 ≪통감≫을 놓고 많은 얘기를 하였는데 하루는 맹금운이 몹시 궁금했던 것을 하나 물었다.

"왕안석과 사마광은 적수이면서 친구였다고 하는데 어찌된 영문입니까?"

"두 사람은 정치면에서 적수였소. 왕안석은 개혁을 주장했고 사마광은 이를 반대하였지요. 그러나 학문에서는 좋은 친구로 서로 존중하였소. 그들이 존중한 것은 상대방의 학문이었소. 우리는 이것을 배워야 한단 말이오. 정견이 다르다고 해서 학문마저 부인해서는 안 되지요."

그러면서 모택동은 그 자신의 적수에 대해서도 말을 꺼내어 맹금운을 놀라게 한다.

"나에게도 정치면의 적수가 있는데 난 그들의 주장에 동의하지 않소. 그러나 그들의 학문은 존중하지요. 적어도 승인은 해야 하는 거지요."

"주석 동지께도 적수가 있다고요? 그건 과거의 일이겠지요. 지금에 어디 적수가 있습니까?"

"적수가 없다니……맹 부자, 어떤 때엔 당신이 바로 나의 적수요. 억지로 내게 약을 먹이니 이게 적수가 아니고 무엇이오? 정치 적수가 아니라 생활 적수란 말이오!"

"제가 어찌 감히 주석님과 맞서겠습니까? 주석님의 고집을 누가 이기겠습니까?"

"고집을 말할라치면 사마광을 들 수 있소. 마음먹은 일은 꼭 해내고야 말지. 고집이라고 다 좋은 것은 아니지요. 그러나 학문하는 데에는 이런 정신이 필요하단 말이오. 오락가락하는 사람보다는 나은 법이지요. 그러나 옳고 그른 것도 다 바뀔 때가 있는 법이오. 그 당시엔 옳은 것도 몇 해가 지난 후엔 꼭 옳다고 할 수 없는 것도 있지요. 마찬가지로 그 당시엔 틀렸다고 했던 것이 몇 해 뒤엔 반드시 틀린 것만은 아니게 되는 경우도 있소. 때문에 무슨 일이나 급히 결론을 내려서는 안 된다는 생각이오. 역사가 공정한 평가를 내릴 것이니 말이오……."

모택동이 이대소를 만난 것도 운명이었다. 양창제의 소개로 당시 북경대학의 도서관장으로 있던 이대소를 알게 되어 그의 추천으로 모택동은 북경대학 도서관의 직원이 되었다. 1918년 8월, 그가 장사 제1사범을 졸업한 얼마 뒤의 일이었다. 생전 처음의 북경행이었다. 북경대 도서관은 독서광이라 할 모택동에겐 더할 수 없이 좋은 직장이었다. 그러나 당시의 중국 정황은 그를 그 자리에 오래도록 붙잡아 둘 수 없을 정도로 급박하게 돌아가고 있었다. 이듬해 4월 모택동은 고향인 호남으로 갔다. 이어 중국 천지를 뒤흔든 5·4운동이 일어나자 모택동도 이 열풍에 휘말린다.

1921년 7월, 상해에서 중국공산당 제1차 전국대표대회가 열렸는데 이대소, 진독수 등이 산파역을 맡았다. 이 역사적인 모임에 모택동이 참석하여 창당 멤버가 된다. 이들은 중국 내의 모든 좌경 단체들에게 초청장을 보냈으나 참석한 사람은 13명에 지나지 않았다. 그나마 경찰에 쫓기는 형편이 되어 버려진 거룻배 하나를 구해서 강우에서 대회를 치렀다. 이날의 대표대회에는 장사의 모택동, 하숙형, 북경의 장국도, 유인정, 무한의 동필무 등이 참가했다. 그때까지만 해도 모택동은 호남지방을 중심으로 활약해온 지방 공산주의 운동가에 지나지 않았다.

그러나 이날의 창당대회에 참석함으로써 그는 중앙으로 진출할 수 있는 발판을 마련하였고 먼 훗날 중국공산당의 최고 지도자로서의 정통성과 역사성을 부여받게 된다. 3년 뒤에 그는 국민당 제1차 전국대표대회에서 24명의 중앙집행위원에는 선출되지 못했으나 17명의 후보위원에는 들어갈 수 있었다. 당시는 국공합작이 이루어지고 있었던 때라 모택동도 중공당의 직책과는 별도로 중국 국민당의 삿갓도 같이 쓰고 있었다.

1924년 모택동은 중공중앙조직부 부장이 되는데 1925년엔 국민당 중앙 선전부의 대리 선전부장직을 맡았고 1926년 1월의 국민당 제2차 전국대표대회에서 다시 중앙집행위의 후보위원으로 선출된다. 그는 그해 7월부터 국민당의 중앙농민운동강습소의 소장으로 활동하는 한편 11월부터 중공당의 농민운동위원회 서기직을 맡는다. 1927년 6월에는 중공 호남성 당위 서기로 선출된다.

모택동과 주은래 등 많은 공산주의지도자들이 공산당원이면서 국민당 당원으로 있었던 사정을 좀 더 명확하게 알기 위하여서는 이대소의 다음 성명서를 읽는 것이 도움이 되겠다. 1923년 손문과 소련의 애드리프 요페의 공동성명으로 공산주의자로서 제1차로 국민당에 입당한 사람이 이대소였다. 그의 뒤를 이어 많은 공산당원들이 차례로 국민당에 입당했다. 모택동은 1949년 북경 입성 직전 맨 먼저 이대소를 회고했다.

"……30년이 지났군요. 30년 전에 나는 나라와 백성을 구하는 진리를 탐구하기 위해 동분서주하면서 인생의 쓴맛도 적지 않게 보았습니다. 그러나 참으로 운 좋게 북경에서 훌륭하신 선생님 한 분을 만나게 되었는데 그가 바로 이대소 동지였습니다. 그의 도움으로 나는 마르크스주의자로 성장할 수 있었습니다. 그러나 참으로 아쉽게도 그분은 이미 혁명을 위하여 고귀한 생명을 바쳤습니다. 그는 나의 참되고 훌륭한 스승입니다. 그의 가르침과 교화가 없었더라면 나는 오늘도 어디로 가야만 할지 헤매고 있을 것입니다"

모택동은 이대소가 주선해 들어간 북경대학 도서관 생활을 잘 활용하였다. 도서관이라는 좋은 학습 환경을 충분히 살려서 보고 싶은 책을 실컷 읽을 수가 있었다. 그보다 더 중요한 것은 이대소와 만나 흉금을 털어놓고 이야기를 나누며 그의 가르침을 받는 일이었다. 마르크스주의에 대한 지식과 신념도 이대소를 통하여 그에게 전수되고 개념화되어 갔다. 모택동은 "나는 이대소 밑에서 북경대학 도서관의 직원으로 일하면서 마르크주의 방향으로 급속히 발전되어 갔다"고 회고하였다.

1924년 1월, 모택동도 참석하였던 중국국민당 제1차 전국대표대회에서 이대소는 손문의 배려로 대회 주석단의 한 사람이 된다. 그리고 대회 선언문과 국민당 규약 초안심의에 참여하며 중앙집행위원으로 선출된다. 모택동은 후보위원이 된다. 이대소는 국민당 북경집행부가 성립되자 조직부장직을 맡기도 한다.

그러나 그의 최후는 비참하였다. 동북 군벌 장작림에 의해 희생된 것이었다. 1927년 4월 6일에 그는 장작림 군대에 체포되었다. 그는 옥중에서 혹형과 회유에 이중적으로 시달렸는데 끝내 굴하지 않았다. 옥중에서 이대소는 자신의 혁명 일생을 회고하고 변함없는 그의 혁명 의지를 표명한 ≪옥중자술≫(獄中自述)이란 책을 쓰기도 하였다. 체포된 지 20여 일 만에 그는 전격적으로 비밀리에 처형되었다. 이대소의 나이는 서른여덟이었다. 1983년 북경 향산에 이대소 열사능원이 만들어졌다. 북경대학 구내에는 이대소의 반신상 동상이 서는데 이것은 북경대학 졸업생들의 모금으로 세워진 것으로 유명한 조각가 부천구(傅天仇) 교수의 작품이다.

2만 5천 리 장정에서의 조선족용사들

제2차 국내혁명전쟁 시기에 강서성 서금을 중심으로 한 중앙혁명근거지를 중앙소비에트구역이라고 불렀다. 거기에는 30여 명의 조선족혁명가들이 있었는데 포병전문가로 이름난 무정(武亭)이 바로 이 가운데의 한사람이었다.

무정은 일찍 19세에 하북성 보정육군군관학교 포병과에 들어가 공부하였고 그 이듬해에 중국공산당에 가입하였으며 22세에 벌써 포병중좌로 되었다. 그는 중앙소비에트구역에 온 지 얼마 안 되어 홍군 제3군단의 포병연장으로 되었다. 이는 중국노농홍군의 첫 포병련의 연장으로서 군단 전위서기 팽덕회를 따라 싸웠다.

중앙소비에트구역의 조선족투사들은 소비에트구역의 당

과 정부의 크나큰 중시와 관심을 받았다. 1931년 11월 7일에 중화노농병소비에트 제1차 대표대회가 서금에서 성대히 열렸는데 조선족홍군전사 최정무가 조선족의 대표로 이 대회에 참석하고 대회발언까지 하였다. 그는 여러 민족 대표들과 함께 모택동을 주석으로 한 중화소비에트공화국 중앙정부를 선거하였다.

1934년 1월 21일에 중화소비에트 제2차 전국대표대회가 서금에서 열렸다. 당시 홍군 총병참부 참모장으로 있던 양림은 조선족을 대표하여 이 대회에 참석하였다. 그는 대회 주석단 성원으로 당선되었고 중화소비에트공화국 중앙집행위원으로 선거되었으며 모택동 주석과 중공중앙국 서기인 주은래의 접견을 받았다.

1934년 10월, 세계를 뒤흔든 2만 5천 리 장정이 시작되었다. 홍군대학과 팽양보병학교, 공략보병학교 및 특과학교 등 4개소의 홍군학교 장병들로 홍색간부퇀을 편성하였는데 양림은 이 간부퇀의 참모장으로 영광스럽게 임명되었다. 홍군특과학교 교장 겸 포병영장으로 있던 무정은 중앙군사위원회 기관인원들로 구성된 군사위원회 제1종대 제3제대의 사령원 겸 정치위원으로 임명되어 장정의 길에 올랐다. 장정의 길에서 양림은 퇀장 진갱, 정치위원 송임궁과 함께 간부퇀을 거느리고 수많은 혁혁한 공로를 세웠다. 양림은 실로 맹활약을 보였다. 적들이 앞길을 가로 막고 뒤로 추격하는 험악한 조건하에서 악전고투하고 강행군을 하였다. 드디어 귀주성에 들어가 오강천험돌파전투를 지휘하고 준의를 거쳐 운남, 사천, 귀주를 우회하며 싸웠다.

1935년 4월 29일 오후 간부퇀은 금사강반의 권양기나루터를 점령하라는 중앙군위의 명령을 받았다. 중공중앙 총서기 장문천이 친히 간부퇀에 와서 홍군의 북진전략을 관철함에 있어서의 이번 전투의 중대한 의의를 강조하면서 '5·1'절 전에 나루터를 탈취할 것을 지시하였다. 양림은 전사들을 거느리고 찌는 듯한 더위를 이겨내며 일주야에 90km 길을 강행군하여 금사강반에 이르렀다.

양림의 지휘 밑에 전사들은 비호처럼 적진에 덮여 들어 적보초병을 까 눕히고 나루터의 적 600여 명을 몽땅 사로잡았다. 이리하여 '5·1'절 전야에 금사강반을 점령하고 임무를 원만히 완수하였다. 뒤이어 그들은 첩첩한 대설산을 넘고 망망한 초지를 지나 끝내 섬북에 도착하였다.

2만 5천 리 장정 길에서 조선족용사들은 실로 불굴의 투지를 남김없이 과시했다. 그들의 업적은 공화국의 깃발과 함께 천추만대 길이 전할 것이다.

곡부 공자의 6예성

공자의 고향 곡부는 지금의 중국 산동성에 있는 마을로서 주대 문화의 전통의례와 전통음악의 보존지로 유명한 유허지이자 유교 근원지로 알려졌다. 곡부는 중국 제남(濟南)에서 남쪽으로 110km 떨어져 있다. 고대에는 BC 6∼4세기에 번창했던 작은 제후국인 노(魯)의 수도였다. 곡부는 유교의 창시자이자 고대 성인인 공자가 출생해 살던 곳으로 유명하다. 공자는 BC 551년 이곳에서 태어나 전국을 주유하였다. 말년에 고향으로 돌아와 후학 양성에 힘을 기울이다가 BC 479년에 생을 마쳤었다.

공자(BC 551∼BC 479 노나라)는 중국 춘추시대의 교육자, 철학자, 정치사상가, 유교의 개조(開祖)로 알려진다. 공부자(孔夫子)라고도 한다. 본명은 공구(孔丘)인데 자는 중니(仲尼)이다. 그의 철학은 동아시아 전 문명권에 깊은 영향을 끼쳤다.

공자 6예성(六藝城)은 1992년에 착공하여 이듬해에 개업했다. 중미 합자로 되어 있는 이 6예성은 부지가 13헥타르에 달하고 건축면적이 25,000㎡가 된다. 공자 육예성은 중국 고대 건축 특점을 살려 독특한 건국 구조를 형성했다. 공자가 일생 창도한 '예, 악, 사, 어, 서, 수'(礼, 樂, 射, 御, 書, 數) 6예를 주선으로 현대 성학, 광학, 전기공학기술을 운용하여 지식성, 취미성, 역사성, 참여성을 일체로 종합하여 쇼핑, 주식, 레저와 결합한 관광 명승지로 자리매김했다. 여기에서 사는 활쏘기, 어는 마차술, 수는 수학을 말한다.

이곳에 있는 공자묘는 1724년에 세워졌다. 사당에는 제자들의 신위(神位)에 둘러싸인 커다란 공자 신위가 모셔져 있다. 공자묘는 커다란 직4각형의 담 벽에 둘러싸여 있는데 그 면적이 약 20헥타르에 이른다. 곡부 시가지는 공자묘 주위에 세워졌다. 담 벽 내에는 사당, 묘지, 기념물, 누각 등이 어우러져 있다. 중앙에는 공자가 살았던 집이 있으며 그가 심었다는 오래된 나무 1그루와 그가 물을 마셨던 우물이 있다.

곡부 시내이기는 하지만 공자묘 바깥쪽에는 공자의 후손인 공가(孔家)들이 사는 정교한 가옥들이 있다. 공가들은 수

세기 동안 공자묘를 지켜왔으며 곡부의 행정을 맡아왔다. 제 2차 세계대전이 일어나기 전까지 공자의 제76세손이 이곳에서 살았다. 공자묘 북문 밖에는 공가의 선산이 있는 데 공자의 묘도 이곳에 있다. 곡부는 사당과 묘지 그리고 중국의 가장 위대한 성인을 기리는 기념물들을 관람하기 위해 오는 참배객과 여행자들에게 소중한 추억의 장소로 제공된다.

공자가 주창한 학자적 전통은 고대의 성군(聖君)들에게까지 거슬러 올라간다. 고고학에 의해 공식적으로 확인된 최초의 왕조는 은(殷: BC 18~12세기)이지만 공자는 그보다 훨씬 이전의 시대를 유교전통의 시원(始原)으로 잡고 있다. 공자가 유교의 문화적 과정을 주도한 것은 사실이지만 공자와 그 문인(門人)들은 자기 자신들을 전통의 한 부분으로 여겼다. 나중에 중국 역사가들은 이 전통을 유가(儒家)라고 불렀다. 그리고 이 전통은 전설상의 두 성군인 요(堯)와 순(舜)이 도덕정치를 펴던 2,000년 전으로 그 기원을 두고 있다.

공자가 숭배했던 인물은 주공으로서 '봉건적' 의례제도를 확충하고 완성시킨 인물로 여겨진다. 이 의례제도는 혈연과 결혼으로 맺어진 인척관계, 새로 맺어진 계약 및 오래된 협약에 바탕을 둔 것으로 상호의존을 강조하는 정교한 제도였다. 국가가 문화적 가치와 사회적 규범을 통해 국내 질서뿐 아니라 제후국들과의 연합관계를 유지하려면 많은 사람들이 호응하는 정치이상에 통치의 바탕을 두어야 한다. 그

이상이란 천명에 의해 윤리적, 종교적 권한을 갖춘 보편적 왕권을 확립하는 것과 법적 구속이 아닌 예의범절에 의해서 사회적 유대를 이루어내는 것을 의미한다. 주나라는 이같은 정치이상을 실현했기 때문에 500년 이상 평화와 번영 속에서 존속할 수 있었다.

주공의 정치철학에 영향을 받은 공자는 고대의 성현들로부터 배운 정치이상을 실현시킴으로써 주공에 뒤지지 않는 사람이 되겠다는 평생의 꿈을 품고 있었다. 공자는 자신의 정치이상을 실현시키지는 못했지만 정치는 곧 도덕이라는 그의 철학은 후세에 큰 영향을 미치게 되었다.

공자는 먼저 인간이 되기 위한 학문에 힘쓴다는 신조에 예속되었다. 그렇게 함으로써 수세기 동안 정치안정과 사회질서에 기여해온 사회제도 즉 가정, 학교, 향리, 제후국, 종주국 등을 활성화시키려고 했다. 공자는 금권과 권력이 최고라는 현 상태를 용납하지 않았다. 그는 개인의 존엄성, 사회 연대, 정치질서를 위해서는 개인의 인품과 지도자적 자질의 밑바탕이 되는 도덕심이 강조되어야 한다고 느꼈다.

공자 생애의 평범성과 현실성은 그의 인간성이 영감이나 계시에 의해 주어진 것이 아니라 자기수양과 자기 운명을 장악하려는 노력의 결과임을 집약적으로 표현한다. 평범한 사람도 노력하면 위대한 성현이 될 수 있다는 신봉은 유교적 전통에 뿌리 깊은 것이다. 또 인간은 교화(敎化)와 발전이 가능하고 개인적, 사회적 노력을 통해 완벽하게 될 수 있다는 주장은 유교의 핵심사상이다.

공자의 조상은 귀족계급이었을 것으로 추산하나 실상 공자가 고고성을 울릴 때 그의 가문은 영락한 평민에 불과했다. 공자는 3세 때 아버지를 여의고 처음에는 어머니 안징재(顏徵在)에게 가르침을 받았고 10대에 벌써 지칠 줄 모르는 향학열로 소문났다. 그는 말년에 "나이 15세에 학문에 뜻을 두었다"[十有五而志于學]고 회상했다.

공자는 창고를 관장하는 위리(委吏), 나라의 가축을 기르는 승전리(乘田吏) 등의 말단관리로 근무하다가 19세에 가정환경이 비슷한 여인과 결혼했다. 공자의 스승이 누구였는지는 분명하지 않다. 하지만 공자는 특히 의례와 음악을 가르쳐줄 훌륭한 스승을 찾기 위해 고심했던 것만은 사실이다.

공자 이전의 시대에 귀족가문에서는 가정교사를 고용하여 특정분야에서 자식들의 교육을 담당시켰고 정부관리들은 하급관리들에게 필요한 기술을 가르쳐주었다. 그러나 사회를 개조시키고 향상시킬 목적으로 일평생 배우고 가르치는 일에 전념한 사람은 공자가 처음이다. 그는 모든 인간이 자기수양으로부터 덕을 볼 수 있다고 믿었다. 장래의 지도자들을 위한 인문과목 교육과정을 처음 실시했고 모든 사람에게 교육의 문호를 개방했다. 한 것은 배움이란 지식을 얻기 위한 것일 뿐만 아니라 인격의 도야까지도 포함한다고 정의했기 때문이다.

공자는 속세에서 벼슬하고 싶어 하는 자신의 야망을 비웃는, 학식 있는 은자(隱者)들과는 다른 별개의 고견을 지녔었다. 속세에서 벗어나 '금수(禽獸)와 벗하며 살자'는 유혹을 뿌리쳤다. 오로지 세상에 속해 살면서 세상을 변모시키려고 노력했다. 수십 년 동안 정치에 적극적으로 가담하면서 정치라는 통로를 통해 인본주의 이상을 실현시키려고 노심초사했다.

공자는 40대 말과 50대 초에 이르러 중도(中都)의 장관으로 발탁되었다. 이어 노나라의 재판관이며 최고위직인 대사구(大司寇)가 되었었다. 노나라의 군주 정공(定公)을 수행하여 참가한 노나라와 제나라 사이에 벌어진 평화회의에서 외교적 수완을 발휘하기도 했다.

그러나 공자의 정치적 생명은 그리 길지 못했다. 그가 왕에게 충성을 바치자 당시의 노나라 세도가인 계손자(季孫子)가(家)에서 견제해왔고 또 그의 도덕적 엄정성 때문에 왕에게 환락의 즐거움만을 제공하던 왕의 측근들과도 잘 어울리지 못했다. 56세에 공자는 주위의 사람들이 자신의 정책을 지지하지 않는다는 것을 깨닫고 자신의 이상을 펼 수 있는 다른 나라를 찾아보기 위해 노나라를 떠났다.

공자의 정치적 좌절에도 불구하고 많은 제자들이 거의 12년에 이르는 천하철환(天下轍環)의 망명 기간에 공자를 수행했다. 고결한 이상과 소명의식을 가진 사람이라는 공자의 명성은 널리 퍼져 나갔다. 국경을 관리하는 관원 하나는 "하늘은 선생님을 목탁(木鐸)으로 삼을 것이오!"라고 공자에게 말했다. 실제로 공자는 자기 자신이 성공할 수 없다는 것을 잘 알고 있으면서도 정의의 신념에 불타 꾸준히 자신이 할 수 있는 것은 모두 실행하려고 하는 행동적인 양심으로 널리 알려졌다.

67세에 고향으로 돌아와 제자들을 가르치며 저술과 편집에 몰두하면서 고전의 전통을 보존하는 일에 열중했다. BC 479년 73세의 나이로 생을 마쳤다. ≪사기≫에 따르면 그의 제자 중 72명이 '6예'를 통달했고 제자로 자처하는 사람의 수가 무려 3,000명을 넘었다고 한다.

6예성은 8개 경관이 있다. 넓은 공지에 세운 '공자열국행' 대형조각은 공자가 천명(天命)의 나이에 안회 등 제자들과 함께 차대를 @무어 보무당당하게 달려가는 상황을 형상적으로 묘파한 것이다. '예청'은 병마, 전차 인물, 전당으로 구성된 축소경관으로 주천자가 위세 웅장하게 등극하고 열병하는 대전이다. '서청' 앞에는 하늘을 치솟는 은행나무가 관광객을 끈다. 이 경관은 공자가 강단을 꾸려 72현인에게 자기의 사상과 기예를 전수하는 장면이 생동하게 살아 있다. '어청'은 고대 우차를 모방하여 공자가 14년간 열국을 일주할 때의 발자취를 찾아 춘추 각국의 성쇠를 목격할 수 있으며 공자 일행의 간거함과 굴곡적인 생활을 표현했다. '낙청'에서는 낭만과 함께 역사의 시공간을 넘어 노나라의 고대 음악을 감상할 수 있으며 6례의 음악을 경청할 수 있다. '사청'은 참여성이 강하며 '수청'은 어딘가 오리무중에 빠진 듯한 신비로운 감각을 준다.

공자의 6예는 사상적으로 도의 경지를 추구하며 현실에서 자기의 덕성을 지키고 행위적으로 인애의 원칙에 근거하여 생활 중에 기예를 숙련하게 장악해야 한다는 기본 도리를 담고 있다. '도'와 '덕'은 공자의 정신사상을 포괄한 것이고 '인'과 '예'는 공자의 생활처세의 표준이다.

공자의 과거로의 역행은 근원에 대한 탐구로 일매지게 점철되었다. 공자는 소속감과 일체감에 대한 인간의 절실한 필요에 바탕을 두었다. 그는 문화의 축적된 힘을 크게 확신했는데 이것이 훗날 성공한 핵심이다. 전통적 방식이 활력을 잃었다고 해서 장래에 다시 되살아날 수 있는 잠재력마저 없어졌다고는 보지 않았었다. 실제로 그의 역사관은 너무나 투철해서 자기 자신을 주(周)나라 때 꽃피웠던 문화적 가치와 사회적 규범이 존속되도록 전수시켜야 할 의무가 있는 사람이라고까지 추대로 자인했다. 탁월한 심미관 소유자의 식견이 아닐 수 없다.

도적 경지를 추구하는 이상이 없으면 너무 세속적이고 너무 현실적으로 된다. 덕행이란 밑거름이 없으면 인생은 뿌리 없는 것과 같기에 성숙될 수 없다. 인이라는 내재적인 수양이 없다면 심리적으로 안주할 곳이 없다. 또한 기예를 익숙히 하지 않는다면 지식과 학문이 연박할 수 없으니 인생이 무미하게 된다. 과연 공자의 의식정수는 하나의 우주를 포섭하는 자세에 깃들었다.

6예는 단순한 관광 쇼핑 레저지만이 아니라 공자의 사상을 터득하는 좋은 장소이다. 공자가 이 세상을 떠난 지도 2천여 년이 퍽 넘지만 여전히 사람들의 무한한 추앙을 받고 있는 사례는 세계적으로도 드물다.

공묘에서 사람들을 격동시키고 감격을 몰아오는 고적은 헤아릴 수 없이 수두룩하다. 그렇다면 어느 곳이 가장 매력이자 포인트일까?

사람들을 깊은 생각에 잠기게 하는 것은 대성전도 아니며 명청 시절에 7품 전적관이 와서 관리했다는 규문각도 아니며 황제가 왕림할 때면 황색 비단으로 감싸 황제의 질투를 막아야 했다는 굵고 굵은 10개 돌기둥도 아니며 소식, 황정견, 미제 등 진나라, 당나라 이래 많은 서법가들의 필적을 남긴 석각도 아니다. 바로 시례당 뒤에 자그만하게 자리 잡은 노벽(魯壁)이라겠다. ≪논어≫, ≪효경≫, ≪상서≫ 등 유가 정전이 진시황 분서의 불을 피하여 중화민족의 문화와 문명이 계승될 수 있은 어디까지나 바로 그 노벽이다.

전하는 말에 의하면 공자의 9대 손자 공부가 진시황이 유가 전적을 불사를 때 집에 있던 전적을 공자 옛집 벽속에 감추었다고 한다. 공부는 그리고 산속에 도피하여 제자들에게 공자의 사상을 전수하다가 진승이 영도한 농민 봉기군에 참가하여 진승 군중에 임직했다.

서한 한무제 시기 노공왕이 자기 궁실을 확건하기 위해 공자 옛집의 강당을 허물게 되었는데 이때 벽 속에서 책이 나왔다고 한다. 장서했던 벽은 허물어져 없고 후세사람들이 장서를 기념하여 뜰에 다시 벽을 쌓고 그 앞에 돌비석을 세워 '노벽'이라 새겨놓았다. 이 돌비석과 벽은 명나라 시기의 문물이다.

역사적으로 공자학설을 소멸한 대규모 운동은 세 번이나 된다. 한번은 진시황의 분서갱유, 두 번째는 태평천국의 홍수전, 세 번째는 20세기 60년대의 무산계급문화대혁명이다. 별로 귀중하지도 않은 것이 한차례 우연한 사건에 의해 그 가치가 하나의 성읍보다 못지않게 된다는 역사의 무상함이다. 문자 그대로 세월은 세월대로 흐르지만 사람들은 그 흐르는 세월에서 상전이 벽해로 전변된 천지개벽을 감지할 수 있다는 이 점이다.

노벽은 지금도 연륜을 자랑하고 있지만 진시황의 검과 칼은 어디로 갔는가? 곡부는 전 세계의 유가사상의 본산으로 되었는데 아방궁은 지금 어디에 있는가? 그 어떤 강대한 폭력 혹은 권세도 한 사상을 소멸할 수 없으며 한 학설을 유린할 수 없다는 감개가 더 한층 진리로 각인된다.

≪논어≫에 나오는 다음 문장은 공자의 정신사(精神史)에 대한 짧은 자서전적 기술로 가장 중요한 신상발언 가운데 하나이다.

"나는 15세가 되어서 학문에 뜻을 두었고 30세가 되어서 학문의 기초를 확립했고 40세가 되어서는 판단에 혼돈을 일으키지 않았고 50세가 되어서는 천명을 알았고 60세가 되어서 귀로 들으면 그 뜻을 알았고 70세가 되어서는 마음이 하고자 하는 것대로 하여도 법도에 벗어나지 않았다."
(爲政篇 4장)

공자는 자신은 절대로 성현이 아니며 자신이 남보다 나은 것이 있다면 배우기를 좋아하는 것뿐(公冶長篇 27장)이라고 분명하게 말했다. 그에게 있어서 학문은 지식을 넓히고 자의식을 깊게 해줄 뿐만 아니라 자신이 어떤 사람인가도 알게 해주는 것이었다. 그는 자신이 타고난 지식인도 아니고 지식의 도움 없이 사회를 변모시킬 수 있는 그런 부류의 사람도 아니라고 솔직히 시인했다. 자신이 귀를 활짝 열어놓고 남의 말을 귀담아 듣고 그중에서 선한 것을 애써 행하며 눈으로 두루 살펴 자신이 본 것을 마음속에 남겨놓는 그런 사람이라고 허심탄회했다.

사실 알고 보면 공자의 학문은 '비교적 낮은 수준의 지식'(술이편 27장)으로 대부분의 사람들도 도달할 수 있는 수준이다. 사람들이 연찬하고 탐구하는 정도 여하에 의해 그 오묘함이 인식되고 감지되었던 것이다. 쉬운 것을 난삽한 것으로 도리머리를 젓고 까다로운 것을 식은 죽 먹기로 덤벼드는 것이 바로 인간총명의 약점이 아닌가! 이런 의미로 볼 때 공자는 신에게 호소할 수 있는 특권을 가진 선지자도 진리를 환히 꿰뚫는 철학자도 아니다. 단지 인(仁)을 가르치는 스승으로서 자기실현이라는 길에 나선 여행자들 가운데 다소 앞선 지점에 있는 선각자였을 뿐이다.

곡부 공자의 6예성은 바로 함축된 진리를 가르치는 충실한 가이드인지도 모른다.

모택동의 음식습관

모택동 주석의 생활관리원 오련등 선생, 보건의사 서도 선생, 간호장 오욱군 여사, 취사장 정예명 선생과 모택동의 경위원 주복명 선생의 소개에 의하면 모택동의 음식이 확연히 사회에서 유전되고 있는 것처럼 날마다 돼지고기찜(紅燒肉)이거나 때마다 네 가지 요리에 국 한 가지인 음식이 아니었다. 되려 음식주요와 음식의 합리한 배합을 아주 중시했다는 것이다. 모택동의 음식구조는 합리하였다. 그에게는 양호한 음식습관이 있었고 신변사업 일군들의 살뜰한 배치가 있었기에 신체는 만년까지 줄곧 훌륭한 상태를 보존할 수 있었다.

모택동은 현미와 잡곡을 섞은 밥을 자시기 좋아하였다.

입쌀에다 좁쌀이거나 팥, 녹두, 고구마, 원추리나물, 옥수수, 토란 등을 섞어 만든 밥을 즐기었다. 이 밖에 또 흑 콩, 압맥, 구운 고구마와 옥수수를 자시기 좋아하였다. 부식으로 모택동은 물고기를 자시기 좋아하였다. 이를테면 백수탕어두[白湯魚頭], 물고기내장 (물고기 밸, 배, 부레 등), 미꾸라지묵, 작은 물고기, 새우 등 (매주에 2〜3차)을 자시였다.

모택동은 또 고기껍질 예하면 돼지고기껍질묵, 닭고기껍질묵 및 날짐승 이를테면 참새, 메추리 등을 자시기 좋아하였다. 그리고 또 두부를 좋아하고 뼈를 우린 탕이 소원이었다. 채소류로 모택동은 야채를 들기 좋아하였으며 녹색채소는 모두 즐기었다. 동갓, 매채나물 등 쓴맛이 나는 야채도 즐겨 자시었으며 또 쇠비름, 고사리, 순류, 버섯 등 야채와 균류를 좋아하였다. 음료류로 모택동은 찻물 마시기를 아주 좋아하였고 주로는 홍차, 녹차(용정), 과일즙을 즐기었다.

모택동의 음식구조는 과학적이었다. 모택동의 음식구조는 중국 식사안내에서 지적한 음식물 다양화에 전적으로 부합되며 곡물류를 위주로 채소, 과일과 감자류를 많이 들었고 경상적으로 적당한 양의 물고기, 가금, 알, 살코기를 자시었으며 담백하고 소금이 적은 음식물 등 현대적인 합리한 음식물식사 이념에 부합되었다. 모택동의 음식구조를 귀납하면 '3고 4저'라고 할 수 있다. 즉 고단백, 고비타민, 고음식섬유, 저지방, 저콜레스테롤, 저염, 저당 등이다. 이 역시 현대인이 마땅히 지녀야 할 음식원천이다.

모택동이 즐기는 주식으로부터 본 음식구조 역시 비교적 합리하였다. 모택동은 하루 세 끼 다 주식을 들었으며 끼마다 한 공기 약 50그램가량 자시었지만 여러 가지를 섞어 들었고 현미를 위주로 감자류와 콩류 등 잡곡을 섞어 자시었다. 저녁밥은 구운 고구마와 구운 옥수수를 즐겨 자시었다.

모택동의 이런 습관은 아주 합리하다. 한 것은 잡곡에 풍부한 비타민과 여러 가지 미량원소 특히는 비타민B$_1$ 과 음식물섬유가 들어있기 때문이다. B족 비타민은 유기체신진대사와 신경조직기능을 촉진하는 작용이 있다. 음식물섬유는 또 인류 '7대 영양소'라고 일컬어오고 있다. 최근연간에 국제영양학자들이 확인한 기능식품일 뿐더러 또한 음식구조균형에서 불가결한 영양소의 일종이다.

연구에 따르면 음식물섬유는 창자 내에 붙은 지방, 콜레스테롤과 해독물질을 흡수할 수 있을 뿐더러 유해물질의 흡수를 저지시키고 배설을 추진시켜 지방과 혈압, 혈당을 저하시키고 면역기능을 높이며 암 예방작용이 있다.

모택동은 매일 아침 우유 압맥죽을 한 공기 자시었다. 우유는 인체에서 수요하는 칼슘과 단백질을 보충할 수 있고 압맥에는 단백질과 지방이 보통 곡물보다 많다. 이 외 리진(lysine)을 특별히 풍부하게 함유하고 있는 음식섬유가 콜레스테롤과 트리스티아린[甘油三脂]을 저하시키는 역할을 가지고 있어 고지혈증과 심혈관병을 예방할 수 있다. 모택동이 만년에 혈지, 혈압, 콜레스테롤이 높지 않은 사실은 평상시 그가 잡곡을 많이 자신 음식습관과 일정한 관계가 있다.

모택동이 즐기는 부식으로부터 본 음식구조 역시 특이하면서도 정상적이었다. 사회적으로 모택동이 돼지고기찜을 자시기 좋아한다고 전해지고 있는 이 점 역시 사실이다.

그러나 모택동은 아주 절제하며 돼지고기찜을 자시었으며 한두 주일에 한 번이거나 한 달에 한 번 자시었다. 모택동이 돼지고기찜을 자시는 것은 단지 식욕을 풀기 위해서였고 양도 아주 적었으며(덩이가 크고 양이 적다.) 또 날마다 들지 않았다.

모택동은 물고기류를 즐겨 자시었다. 이를테면 초어 무창어, 백수탕어두, 물고기내장, 잔고기, 잔새우 등이다. 물고기류에는 풍부한 상질단백질과 많은 불포화지방산이 함유되어 있다. 상질단백질은 쉽게 흡수되고 많은 불포화지방산은 혈지와 혈청콜레스테롤을 저하시키는 역할을 가지고 있어 심혈관질병을 예방할 수 있다. 모택동이 즐기는 백수탕어두의 어두에는 풍부한 난린지(卵璘脂)가 들어있어 뇌를 건강히 하고 보호하는 작용이 있다. 미꾸라지묵도 아주 좋은 요리로서 단백질과 난린지를 함유하고 있으며 쉽게 소화흡수될 수 있을 뿐더러 청열해습(淸熱解濕), 고정조양(固精助陽)의 작용이 있다.

잔고기, 새우는 풍부한 단백질을 함유하고 있는 외에도 또 풍부한 칼슘, 린 등 물질이 들어있다. 모택동은 주일마다 두세 번씩 잔고기, 새우를 자시었는데 칼슘보충에 아주 유익하였다. 그러기에 모택동은 만년에도 칼슘이 모자라지 않았다. 이 밖에도 모택동은 날짐승 및 사냥한 짐승 따위를 즐기었다. 날짐승은 들짐승류여서 단백질, 무기염함량이 풍부한 동시에 지방, 콜레스테롤 함량이 낮다. 이를테면 그가 즐겨 자신 참새, 메추리 등은 육질이 연하고 맛이 좋으며 또한 오장을 돕고 기혈에 유익하며 힘을 늘리고 근육, 뼈를 든든히 하며 습신조양(濕腎助陽) 등 작용이 있다.

모택동이 즐겨 좋아한 돼지고기껍질묵과 닭고기껍질묵에는 풍부한 단백질, 지방, 철, 아연 등 광물질이 함유되어 있다. 돼지고기껍질에 함유된 단백질은 주로 교원단백과 탄성단백이다. 교원(膠原)단백은 일종 큰분자의 특수단백질로서 피부세포가 생장하는 원료이며 인체의 모발, 피부, 근육, 골격, 혈관과 많은 내장기관을 구성하는 가장 기본적인 물질이다.

인체에 흡수된 다음 피부세포생장과 피부세포의 수분저장기능을 추진하고 인체조직과 피부탄성 및 근성을 증강시키며 인체의 건강미에 이로울 뿐더러 사람의 피부를 풍만하고 보드랍게 하며 머리칼을 광택 있고 유순하게 할 뿐더러 또 인체의 쇠퇴과정을 지연시키는 작용이 있다. 모택동이 만년에 얼굴이 불그스레하고 늠름한 것은 일상 음식에서 늘 교원섬유(膠原纖維)를 보충한 사실과 관련될 수 있다.

짓찧은 마늘과 고추가 모택동에게 때마다 없어서는 안될 조미료와 반찬격이었다. 모택동은 자신이 짓찧은 마늘, 파, 생강, 작은 고추를 섞어 만들었다. 마늘은 조미료일뿐더러 한 가지 좋은 약이다. ≪본초강목≫에는 마늘은 맵고 성질이 온화하며 살균, 해독, 건위, 거풍, 통규(通竅)와 하기(下氣) 등 작용이 있다고 기재되어 있다. 현대의학연구에 의하면 마늘에는 마늘소(식물항균소라도 함)와 게르마늄, 셀렌 등 물질들이 함유하고 있다. 게르마늄과 셀렌은 항암작용이 있다. 모택동이 만년에 혈지가 높지 않은 것은 가능하게 매일 자신이 짓찧은 마늘과 관계있다.

모택동 음식구조에서 차의 기능 역시 홀시 할 수 없는 부분이다. 모택동은 찻물을 아주 즐겨 마시었으며 아침에 일어나면 녹차를 들기 좋아하였다. 모택동은 만년에 녹차를 좋아하였다. 녹차는 아차소함량이 25%이상에 달한다. 연구에 따르면 녹차는 뚜렷하게 혈청콜레스테롤수준을 낮추고 관상동맥의 죽형태경화를 저하시키는 역할이 있어 관심병 발생을 예방하는 작용이 있다고 실증하였다. 그러므로 모택동이 찻물을 즐기는 것도 양생보건의 도리가 있다.

모택동은 사업이 다망하고 날마다 많은 일을 처리해야 하지만 중국요리를 아주 중요하게 보았다. 모택동은 일찍

"중국은 4대 발명 외에도 다음 두 개 면에서 세계에 기여가 있다. 하나는 중의, 중약이고 다른 하나는 음식요리로서 음식도 문화이다"고 말하였다. 그는 "중국요리는 아주 특점이 있으며 매우 많은 발명창조가 있다. 이를테면 두부, 콩나물채, 송화단, 군 오리 등이다."고 하면서 "서방국가는 심뇌혈관병 발병률이 높고 음식이 비과학적이지만 중국 사람들은 소식을 많이 먹는다."고 지적하였다. 중국음식문화와 음식구조에 대한 긍정이다.

모택동은 생활이 간소하고 자양품 및 산해진미를 아주 적게 자시었으며 오히려 "식사에 의지하고 단련에 의지해야 한다."고 제기하였다. 모택동이 만년에 의연히 머리가 명석하고 사유가 민첩하며 혈압, 혈지가 정상적인 이러한 사실은 그의 과학적인 음식구조와 밀접한 관계가 있다.

이제 모택동의 식사 특점을 종합해 보자.

첫 번째 특점: 식사가 빠르다.

이는 장기적인 전쟁생활과 관계 있는 것 같다. 전쟁연대에 정상적인 생활규칙이 없었고 싸움이 시작되면 식사할 겨를이 없는데다가 음식에도 규칙이 있을 수 없었다. 전쟁연대에 모택동의 식사 역시 전사들과 마찬가지로 빨리빨리 끝내곤 했었다. 어떤 때는 손님이 와도 자기가 너무 빨리 식사를 마치기에 손님이 잘 먹지 못할까 봐 급해말고 천천히 식사하라 권하고는 담배를 피우면서 옆에 앉아 기다리며 손님이 식사를 마친 다음에 음식상을 떠났다.

두 번째 특점: 낭비하지 않았다.

모택동의 식사원칙은 먹을 만큼 음식을 요구하며 남아도 버리지 못하게 하고 다음 끼니에 다시 자시었으며 '3광정책'을 주장한 것이다. 밥상 위에 밥알이 떨어지면 모두 주워 자시었다.

세 번째 특점: 식사 때에 신문이나 서류를 보는 습관이 있다.

특수상황이 없으면 모택동은 매일 식사 때 꼭 책이나 신문, 서류를 보았다. 그는 왼손에 책이나 신문을 들고 오른손에 저를 들고 먹으며 들여다보는 것이 아주 자연스러웠다. 이런 상황에서 한 끼 자시는 시간이 아주 길어져 일이 있거나 집체로 식사할 때 책이나 신문을 보지 못하는 상황과 아주 달랐다.

네 번째 특점: 채를 깨끗이 없앴다.

모택동은 늘 맛을 음미하지 않으면서 채를 자시었고 채접시를 보지 않고 채를 집었으며 눈은 늘 책, 신문이나 서류에 집중되어 있는데다가 생각도 책, 신문이나 서류에 가 있었기에 가까이 있는 채를 많이 먹고 멀리 있는 채는 다치지 않았거나 적게 집었다.

다섯 번째 특점: 고급식사도구는 사용한 적이 없었다.

모택동은 서양음식도구를 쓴 적이 아주 드물었고 외교장

소에서만 예외였다. 그가 일생 동안 제일 많이 쓴 것은 참대 저였다.

여섯 번째 특점: 식사시간에 규칙이 없었고 그를 식사에 초청하기 어려웠다.

모택동은 전형적인 '사업광'이어서 사업할라치면 정말 밤잠과 식사를 잊을 지경이었고 지어는 생사를 잊을 정도였다. 그의 하루는 일반 사람들과 같지 않아 우리는 24시간이지만 그는 28시간, 30시간이었으므로 식사간격이 길어졌었다. 중대한 문제에 봉착하면 시간도 없었고 규칙도 없었다. 규칙이 있다고 한다면 그가 하는 일이 끝났는가 아니면 어느 정도 되었는가를 보아야 한다.

그가 만약 혼자 문제를 사고하고 자료를 쓴다면 더욱 그러했으며 식사시간이 되면 늘 그에게 일깨워 드렸고 그가 만약 문제를 사고하고 있거나 서류를 작성하고 있을 때면 그저 "좋소."거나 "좀 기다리오."라고 하였으며 다시 일깨우면 또 이 몇 마디 말이었다. 만약 일처리를 아직 끝내지 못했으면 그는 일깨워주는 사람을 시끄러워하였으며 지어는 비판까지 하였다. 사업에 열이 오르면 그는 하루 이틀쯤 식사를 하지 않아도 탈이 나지 않았다.

일곱 번째 특점: 잡식하며 뭐나 식사해도 된다고 하였다.

모택동에게는 좋은 위장이 있어 무얼 자시여도 아무 탈 없었으며 소화흡수 능력이 아주 강하였다. 그는 자시는 것에 신경 쓰지 않았으며 식탐을 하지 않았고 또 오곡잡식을 하였으며 찬밥이나 묵은 밥이나 모두 자시었을 뿐더러 어떤 땐 굶고 어떤 때는 많이 자시며 생활이 규칙성이 없었다. 어떤 경위원들은 그의 신변에 와 사업하게 되어 처음에는 모든 일이 습관 되지 않아 적지 않은 사람들이 위병에 걸리었지만 젊었기에 버텨내었다. 그러나 모택동을 떠난 후 어떤 사람들은 위병 '뿌리'를 남기게 되었다. 하지만 모택동은 종래로 위병을 앓은 적이 없다.

사람들은 모택동 만년의 음식을 두고 궁금해 한다. 이제 그 비밀을 알아보자. 모택동은 만년에 많은 병이 있었지만 이는 노년에 걸리는 병이었다. 이를테면 만성기관지염, 백내장, 폐, 심장병, 뇌혈관질병 등이다. 동시에 모택동은 사유가 의연히 민첩하고 똑똑했지만 신체 기타 기관은 필경 노쇠해지었다. 70년대 이후에 모택동은 이미 늙어서 행동이 민첩하지 못했으며 걸음걸이가 어려웠고 지어는 식사하기도 아주 어려워하였다. 이때 모택동은 아직도 자기의 독특한 음식기호를 가지고 있었다. 이를테면 고추 자시기를 즐긴다든가 썩두부를 들기 좋아하는 등이었다. 그러나 이전처럼 그렇게 빈번하게 자시지 못하였다.

모택동의 만년에 든 음식은 기본적으로 보건일꾼들의 건의에 따랐으며 요리사의 배치에 따랐고 영양균형, 과학적인 배합에 중시를 돌리기 시작하였다. 보존되어 내려온 메뉴를 보면 이 시기 모택동의 음식은 고단백, 고에너지, 저지방, 저콜레스테롤을 위주로 하였다. 이는 고령노인의 음식에 아주 적합하여 모택동의 연로하고 쇠약한 신체에 중요한 역할이 있었음은 물론이다.

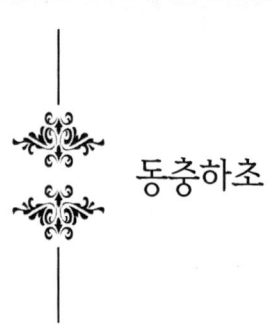

동충하초

동충하초(冬蟲夏草, Cordyceps sinensis)가 불로장생의 묘약으로 알려진 것은 중국 고대의 은상 시대로부터이다. 기원전 1,000년부터 기원전 200년까지 왕과 제후의 무덤 안에서 동충하초와 같은 옥돌이 발견되었다.

중국과학원 심양응용생태연구소 직원들과 그것은 왕과 제후가 죽은 다음 다시 부활할 수 있다는 생각으로 이를 순장한 것이라고 중국고고학자들에 의해 알려졌다. 또한 중국의 진시황과 당나라의 양귀비 역시 동충하초를 오랫동안 복용하였다고 알려져 왔다.

1082년 증류본초, 1757년 오의락의 본초종신에 동충하초에 관한 것들이 기록되어 있다. 현대에 이르러서는 중국의 육상팀과 중국의 지도자였던 등소평 동지께서도 복용하였다고 알려지면서 한국에서는 1997년경부터 본격적으로 알려지기 시작했다.

그럼 동충하초란 무엇인가? 겨울에는 벌레상태로 있다가 여름이 되면 버섯이 된다는 뜻에서 유래한 말로서 원래 중국에서 전래한 것이다. 한국의 고의서인 동의보감에도 언급되어 있지 않아서 일반인들에게는 아주 생소한 용어이고 다만 중의학에서 약재 원료로 이용된다는 기록이 있을 정도이다.

동충하초는 곰팡이의 일종인 동충하초균이 주로 온도와 습도가 높아지는 시기에 살아 있는 곤충의 몸속으로 들어가 발육증식하면서 기주곤충을 죽이고 얼마 후 자실체를 곤충의 표피에 형성하는 일종의 약용버섯이다.

원래 동충하초는 박쥐나방과(Hepialidae)의 유충에서 나온 동충하초를 지칭하는 것이지만 오늘날에는 곤충뿐만 아니라 거미, 균류 등에서 나오는 버섯을 모두 총칭하여 동충하초라 부른다. 동충하초에 관한 최초의 기록은 1082년 중국의 문헌 증류본초(證類本草)에 선화(蟬化: 매미동충하초)가 등장한다. 겨울에는 벌레상태로 있다가 여름이 되면 버섯이 된다는 뜻에서 유래한 말로서 원래 중국에서 전래한 것이다.

동충하초의 효능은 실로 놀랍다겠다.

동충하초는 예로부터 중국에서는 불로장생의 비약으로 알

려져 있다.

또 특이한 형태 때문에 3,000년에 한 번씩 꽃이 핀다는 우담화(優曇華)에 비교할 정도로 길조의 증표로서 귀중하게 여겨왔다.

중의학으로서 기록된 것은 중국의 청나라로 당시의 식물학 책인 ≪본초종신≫(本草從新) 속에 '동충하초는 폐를 보호하고 신장을 튼튼하게 하며 출혈을 멈추게 하고 담을 삭이고 기침을 멎게 하는데 사천 가정부(四川嘉定府)에서 생산되는 것이 가장 좋다.'는 내용이 기록되어 있다.

또 유구한 전통을 자랑하는 중국의 중의학에서도 '동충하초는 벌레이면서 벌레가 아니고 식물이면서 식물이 아닌 선약(仙藥)'이라 하였으니 어딘가 불가사의한 힘을 가지고 있는 것이 틀림없다.

지금까지 알려진 동충하초의 약효를 적어 보면 다음과 같다.

(1) 불로장생과 영양 강장제

예로부터 중국에서는 동충하초는 불로장생의 비약으로 알려져 있다.

뿐만 아니라 폐를 보호하고 신장을 튼튼하게 함으로써 영양 강장제로도 한몫을 톡톡히 하고 있다. 일본의 경우

1801년 에도 시대[江戶時代]의 ≪본초서≫에 동충하초는 '약효가 뛰어나 폐병이나 늑막염의 특효약'이라고 기록되어 있고 이미 판매까지 되기도 하였다.

(2) 면역 기능 증강

동충하초는 면역 기능을 가지고 있는데 이 면역 기능이 없어지면 곧 바이러스나 세균의 공격을 받게 되어 모든 병에 노출되고 만다.

면역력의 차이에 따라 같은 병원균에 감염되어도 어떤 사람은 그 병원균에 의해서 발병하고 어떤 사람은 발병하지 않는 경우가 있다.

현대의 페스트라 일컫는 '에이즈(AIDS)'는 다른 병과 달라서 사람이 본디 가지고 있는 면역력을 파괴해버리기 때문에 치명적이다. 에이즈가 진행되면 감기도 치명적인 병이 되고 마는 것이다.

동충하초는 이와 같이 중요한 면역력을 강화하는 작용이 있다.

특히 동충하초에 함유되어 있는 '충초다당'(蟲草多糖)이 면역 기능을 높인다는 것이 실험과 연구에 의해서 입증되었다.

미국에서도 동충하초의 충초다당이 면역력 증강에 효과

가 크다는 것에 주목하고 에이즈 치료제로 유망 시 되어 연구 중이다.

동충하초는 흔히 천식에 좋다고 알려져 있지만 이것도 면역력을 높이는 것과 깊은 관계가 있다.

일본에서도 '동충하초에는 아미노산 등의 물질, 충초산(蟲草酸), 충초다당(蟲草多糖: polysaccharide)이나 많은 유리 아미노산이 함유되어 있다.'고 했다.

충초소, 충초산, 충초다당에는 각기 항균, 소염, 심장이나 뇌의 혈액 순환을 개조하는 만니톨, 항간염, 항유행성 감기와 다종의 바이러스에 대한 저항력 등의 효과가 있다는 것이 알려져 있다.

(3) 만병 통치약

동충하초에는 면역 기능을 강화하는 성질이 함유되어 있다. 이 면역기능이 높아지면 당연히 저항력이 증가하여 어떤 병에도 잘 걸리지 않게 될 뿐만 아니라 회복의 속도도 빨라진다.

자연적으로 동충하초는 체력을 증강시킴으로써 감기, 폐결핵, 만성 기침, 천식, 발작, 빈혈, 허약, 남성의 성적 기능 장애, 고혈압 등에 좋은 치료력을 나타내며 피로 회복에도 탁월한 효과를 나타낸다.

그러므로 동충하초에서 추출한 영양액은 유기체의 면역 기능을 현저히 강화시키고 체액 면역과 세포면역에 대해서도 촉진 효과가 있으며 종양과 바이러스 감염에 대한 유기체의 저항력을 높인다.

또 심혈관 계통과 호흡기 계통 및 신장 기능에 대해서도 현저한 효과가 있으며 표면 항원이 양성 반응을 일으키는 보균자에게도 뚜렷한 치료 효과가 있다.

동충하초 영양액은 완전한 자연생물 제품으로 어떠한 호르몬이나 방부제도 들어 있지 않으므로 중년층과 노년층의 보양에 가장 이상적인 영양식품일 뿐만 아니라 정신적 활동이나 육체적 노동을 하는 사람에게 피로를 빨리 회복시켜 주는 효능을 가진다. 중국의 정치 지도자 등소평이 평상시에 즐기었던 보양식으로도 유명하다.

(4) 자연 치유력

동충하초의 약효는 여러 가지가 있지만 그중에서도 호흡기 계통의 병에 효과가 뛰어나다.

호흡기 계통이 약하면 감기에 자주 걸리고 조금만 뛰어도 헐떡거리며 숨이 차다.

이렇게 헐떡거리는 증세는 산소를 급히 체내에 흡수함으로써 잃어버린 에너지를 회복하려고 하는 현상인데 운동이

심하거나 체력 소모가 많을수록 이 회복 작용도 강하게 요구되고 심해진다.

우리들은 원래 누구나가 다 자연치유력을 가지고 있으며 이 자연치유력을 담당하는 것은 몸의 면역담당 세포인 백혈구이다. 이 백혈구의 작용을 돕기 위해서는 더러워진 혈액을 깨끗이 해 둘 필요가 있다.

백혈구는 소위 체내의 청소부이기 때문에 쓸데없는 먼지가 잔뜩 있으면 충분한 작용을 할 수 없게 된다. 혈액을 정화하는 역할은 산소가 하게 되는데 얼마나 깨끗한 산소가 체내에 들어와 있는가 하는 산소공급 능력이 중요해진다.

(5) 항암제

최근의 연구에 의하면 동충하초에 83%의 대단히 높은 항암 성분이 있음이 발견되었다. 항암 효과를 나타내는 성분은 동충하초의 성장 도중에서 만들어진다고 한다.

이 성분은 전혀 부작용이 없고 저항력을 증강시키며 세균이나 바이러스 감염에 뛰어난 작용을 나타낸다. 그것은 암세포 자체의 억제와 번식 속도를 억제하는 효과를 의미하므로 암환자에게는 획기적인 사실로 받아들여질 것이다.

(6) 마약중독 해독제

동충하초가 마약중독 해독제로서 효과가 있다는 것이 최근 한 임상 실험에서 입증되었다.

최근에 와서 마약중독 치료에 동충하초가 효과가 있다는 보고가 발표되자 곧바로 임상 실험에 들어간 스위스에서는 마약 중증 중독자도 2주일 정도만 복용하면 마약의 심각한 부작용을 말끔히 씻어줄 뿐만 아니라 마약에 대한 유혹까지 떨쳐버리게 함으로써 완전히 정상적인 사람으로 되돌려 줄 수 있다는 임상 실험 결과를 발표하였다.

이 실험 결과로 동충하초에 대한 연구의 전망을 한층 밝게 하고 있다.

(7) 마군단의 비밀

동충하초가 피로회복 시간을 단축시켜 주는 효과가 있다는 것은 앞에서 이미 밝혔다. 1992년, 히로시마 올림픽 육상 종목에서 세계 기록을 경신한 중국 육상 파워의 비밀이 되기도 했다. 중국 육상 선수 팀인 마군단은 동충하초를 병 치료가 아니고 근육 증강과 체력 회복을 위해서 이용하였다. 원래 장수나 영양 강장제로 귀하게 쓰이던 동충하초를 마군단은 전통적인 약효를 스포츠에 적절하게 이용하고 있었다.

그런 점으로 미루어 체질이 허약한 사람에게 권하고 싶은 것이 동충하초이다.

천식에 잘 듣는 것처럼 호흡기 계통의 병에는 특히 효과가 있다.

허약 체질로 호흡기 계통이 약한 사람은 감기에도 잘 걸리게 된다.

기침을 하면 체력이 떨어지고 체력이 떨어지면 다른 병에 걸리고 해서 악순환이 되는 경우가 적지 않다.

동충하초는 산소 소비량을 억제한다는 것이 과학적으로 확인된 바 있다. 산소 소비량을 억제한다는 것은 요컨대 일정한 운동량을 소화시키는 데 적은 양의 산소로도 된다는 것이다. 운동선수가 심한 운동을 하면 걷고 있을 때보다 많은 산소를 소비하게 된다. 예를 들어 50m를 전력으로 달린 사람이 격하게 호흡을 하는 것을 볼 수 있다. 이것은 산소를 급히 체내에 흡수함으로써 잃어버린 에너지를 회복하려는 자연적인 작용이다.

1992년 당시 중국의 육상 팀 코치를 맡았던 마준인이 한 인터뷰에서 다음과 같은 충격적인 증언을 함으로써 마군단의 비밀이 세상에 알려졌다.

"당신들이 우리가 무엇을 마시고 있는가를 알고 싶다면 대답해 주겠다. 우리들은 완전한 동충하초로 만든 복용액을 마시고 있다"

이때부터 동충하초가 신비의 약이라는 것이 전 세계에 알려지게 되었던 것이다.

(8) 염증 억제제

동충하초는 염증을 억제하므로 특히 천식에 약효가 있다.

천식을 진정시키려면 염증 억제용 생약을 사용하는 것이 일반적인데 이것은 체력을 극도로 소모시킨다.

열을 억제하면 체력이 소모되는 것이 일반적이지만 동충하초는 이 두 가지를 효과적으로 극복하는 특징을 가지고 있다.

일본에서는 동충하초 술을 복용한 후 천식이 편해지는 것을 느껴 한 달 동안 장복하여 치유했다는 보고가 있고 동충하초를 투여한 임상 경험에서 기본적인 작용에 대한 면역력의 증강, 혈액 순환의 개선을 통한 염증 억제에 대단히 효과가 있다고 했다.

암 치료나 노화 방지에도 효과가 인정되었으며 회춘의 작용도 있고 그 밖에 간염, 유행성 이하선염(항아리 손님), 림프관에 있는 입상(粒狀)에 염증을 일으키는 병으로 알려진 급성 림프절염, 감기의 발열, 천식, 밤에 우는 것, 짜증, 유선염 등에도 효과가 있다고 했다.

(9) 동충하초의 채집

동충하초를 채집할 때 가장 필요한 것은 우선 마음의 준비로 지속적인 끈기와 인내라고 할 수 있을 것이다. 동충하초는 자체가 워낙 희귀한 자연 현상이며 너무 작아서 아주 세심한 주의를 기울이지 않으면 찾을 수 없기 때문이다.

동충하초의 발생지로는 대개 낮은 지대의 활엽수림대로서 곤충이 많이 살고 있는 지역, 공중 습도가 높은 계곡 지대, 물줄기가 서로 만나는 지역, 평평한 곳에 나무가 있거나 산등성이라도 비교적 잡초가 적고 낙엽이 쌓인 지역이다.

동충하초의 발생지는 대개 기주인 곤충이 살고 있는 생활권과 일치하는 경우가 많다. 번데기 동충하초는 우선 배수가 비교적 잘 되는 장소에 많이 발생한다. 그러나 노린재 동충하초의 경우는 낙엽층이 두껍게 분포하는 지역에서 발생 빈도가 높다.

동충하초를 채집할 때 유의해야 할 점은 자좌와 기주인 곤충이 분리되지 않도록 세심한 주의를 기울이는 일이다.

숲 속에서 발견되는 대부분의 동충하초는 자실체 부분만이 땅 위로 나타나고 곤충은 땅속에 존재하기 때문에 초보자의 경우 부주의로 기주를 잃어버리는 경우가 많다.

그러므로 동충하초라고 생각되는 자실체를 발견하면 파

기 전에 저배율의 확대경을 이용하여 자실체 부위에 존재하는 작은 깨알 모양의 알맹이의 유무를 확인한다. 일단 동충하초임이 확인되면 주위의 잡초를 제거하고 조심해서 파내기 작업을 하여야 한다.

또한 땅 위에 드러난 자실체는 작지만 땅속으로 길게 자루가 뻗어 있는 긴자루 유충 동충하초 같은 경우도 있으므로 모종삽과 핀셋 등을 이용하여 상하지 않도록 조심해서 작업을 해야 한다.

채집한 표본을 점검할 때에는 떨어뜨리지 않도록 주의를 해야 한다. 자칫 잡초나 낙엽 위에 떨어뜨리면 찾지 못할 때가 많으므로 미리 지면에 신문지나 비닐을 깔아 놓은 다음 동충하초에 붙은 흙을 털고 자세하게 관찰하는 것이 좋다.

또 땅 위로 뻗어 나온 동충하초는 마른 잎이나 죽은 가지에 붙어 있어 간단히 떨어지지 않는 경우도 있다. 이 경우에는 밑에서부터 손가락 끝으로 주의하여 떼어낸다. 그러므로 동충하초가 발견하면 서두르지 말고 주의하여 채집하는 것이 무엇보다 중요하다.

동충하초의 자실체는 크기가 작아 상온에서 쉽게 건조하게 된다. 그러므로 채집 즉시 자실체의 형태적인 특징들을 기록해 둘 필요가 있다. 즉시 기록이 불가능할 경우에는 표본이 마르지 않도록 기름종이에 싸서 잘 보관해 두거나 투명한 용기에 이끼를 깔고 표본을 넣어 적당한 습도를 유지해 주어 표본이 마르는 것을 방지하도록 한다.

채집된 표본을 기록할 때에는 기주 곤충의 종류, 자실체의 형태적인 특징, 현미경 상에서의 포자의 모양 등과 채집지의 임상, 발생, 환경 등을 적는다.

술문화의 도시 준의

중국은 특별히 술문화가 심오하다. 그만큼 중국에는 술 종류가 부지기수이다. 국빈만찬에 늘 오르는 모태주(茅台酒, Maotaijiu)로부터 시작해서 오량액(五糧液, Wuliangye), 최근에 인기를 모으는 수정방(水井坊, Shuijingfang)에 이르기까지 그 수를 헤아릴 수 없다.

그런데 가장 유명한 술을 꼽으려면 아무래도 국빈만찬에 오르는 모태주를 빼놓을 수 없다. 모태주는 1915년에 파나마 만국 엑스포 금상까지 수상해 스코틀랜드의 위스키, 코냑의 브랜디와 나란히 세계 3대 증류주로 꼽히고 중국의 국주로 불린다.

이 모태주가 중국 서남부의 귀주성 북부에 위치한 준의

(遵義)에서 만들어져 준의는 '중국 술문화의 명도시'로 불린다. 준의 모태진에 들어서면 벌써 술 향기가 은은히 풍겨온다.

모태진에서는 모태주 양조 공장은 꼭 가보아야 하는 명소이다. 500년 전에 세워진 모태주 공장은 단순한 공장이 아니라 유구한 역사와 오랜 술문화를 가진 명소로도 부상했다. 그 밖에도 이 모태진에는 중국 술문화 박물관도 있다. 독특한 지리환경에 처한 모태진에서는 양조에 좋은 미생물균이 아주 잘 자란다. 이곳의 지형과 지모, 술, 토양, 바람, 온도, 습도 등이 모두 미생물의 성장에 유리하다는 말이다. 그래서 모태진에서 모태주와 같은 좋은 술이 난다.

모태진은 사면이 산으로 둘러싸여 있고 공기가 맑고 오염원이 없다. 이런 깨끗한 환경에서 과학적인 방법을 운용하여 여러 차례의 자연발효를 통하고 고온에 의하여 증류시키고 오랫동안 저장하면서 만들어진 술이 바로 모태주이다. 모태주는 마실 때 목을 자극하지 않고 마신 뒤에도 머리가 아프지 않아 중국인들의 인기를 독차지하는 술이다. 그리고 일본, 미국을 비롯한 60여 개 국가와 지역에서도 모태주의 모습을 찾아볼 수 있다. 준의의 모태주 공장에서는 모태주를 만드는 전반 과정을 볼 수 있고 돌아올 때는 모태주를 선물로 살 수도 있다.

그리고 모태주 공장 부근에 있는 중국 술문화 박물관에

서는 중국 술문화의 맥락을 느껴볼 수 있다. 이 중국 술문화 박물관은 세계 최대의 술문화 박물관인데 부지 30,000만㎡, 건평 8,000㎡나 되는데 중국 역대 조대에 근거하여 차례로 지었다. 그래서 이 박물관에서는 각 시대별로 술문화의 발전상황을 일목요연하게 볼 수 있다. 시대별 술 도구들을 볼 수 있고 또 여러 가지 자료를 통하여 술의 기원에서부터 시작해 중국의 정치, 군사, 문학, 민속에 대한 술의 영향을 알게 된다.

이 밖에 준의를 말할라 치면 중국인들은 모태주 외에 또 준의회의를 연상하게 된다. 중국공산당이 1935년에 준의에서 회의를 개최했고 이 회의에서 중국의 지도자 모택동이 중국공산당의 지도지위를 확립했기 때문에 이 준의회의는 중국공산당이 성숙되기 시작한 표징이라고 할 수 있다. 지금도 준의에는 그때 회의개최지가 문화재로 남아 있다. 준의 구도시구역의 2층 목조건물인데 건물 내부는 지금도 1935년의 원 모습을 그대로 유지하고 있다.

준의에서 세 번째 명소로는 그린생태경관을 들 수 있다. 준의의 적수(赤水)는 중국 국가급 중점 풍경명승구로 명소 면적이 320㎢이고 죽해 국가삼림공원을 비롯한 8개 공원으로 구성되어 있다. 원시적이고 소박하고 자연 그대로의 생태로 유명한 곳이다.

적수는 또한 홍군 장정시기의 문화명소이기도 하다. 이

곳에는 또 대나무 종류 중 남죽(楠竹)이 많이 난다. 적수의 도로를 달리노라면 양쪽에 남죽이 죽 펼쳐져 있는데 그중 죽해(竹海) 국가 삼림공원은 남죽이 가장 집중되고 무성한 곳으로서 면적이 만 헥타르나 된다.

죽해 부근에 전망대를 만들어 그 장관을 한눈에 볼 수 있는데 전망대에서 바라보는 죽해는 말 그대로 대나무의 바다이다. 특히 비가 내린 뒤 공기가 너무 좋아 대나무 속을 거닐면 푸른 바다 속을 헤매는 듯하고 높은 곳에서 대나무 바다를 내려다보면 눈에 온통 푸르름이 가득해 기분이 무아몽중 넘실거린다.

기이한 제비 동굴 – 연자동

국내외 동굴 전문가들은 제비동굴 연자동(燕子洞, Yanzi-dong)이 아시아에서 가장 장관을 이루는 용암동굴이라고 인정한다. 연자동은 기이한 동굴과 봄날의 제비, 거꾸로 걸린 종유석, 제비 둥지 털기 묘기를 비롯한 기이한 경관으로 내외에 이름이 높아 말 그대로 '동굴은 기이한 경관과 제비를 한 몸에 안았는데 누가 이곳에 흐르는 물과 아찔한 절벽을 만들었는가?'이다.

연자동은 운남성 홍하 하니족 이족 자치주에 있다. 연자동 명소는 동굴 밖 자연림과 물 없는 동굴, 물 흐르는 동굴 세 부분으로 분류한다. 연자동 면적은 8.5헥타르이고 동굴의 평균높이 31.5m, 너비 38m이다. 동굴 밖에는 기암절

벽에 뿌리 내린 고목이 하늘을 찌르고 동굴 안의 암벽에는 수천수만 마리의 제비들이 서식해 연자동이라는 이름을 가지게 되었다. 해마다 봄과 여름이면 동굴을 드나드는 제비 떼들의 모습이 장관을 이룬다.

이 밖에 노강 수면에서 50m 높이에 위치한 연자동굴 천정에 종유석이 내리 드리워 수천수만 개의 편액을 방불케 하는데 이 또한 연자동의 기이한 경관 중 하나이다. 해마다 음력 2월 열아흐레는 연자동의 전통적인 절간장행사날인데 이때는 민속풍토를 느껴보고 제비둥지요리를 맛보는 좋은 때이다.

이어 음력 3월 스무하루는 '제비맞이 편액축제'인데 이때는 원숭이처럼 50m 높이의 도치종유석에 매달려 편액을 거는 경관도 볼 수 있다. 황금의 가을에 드는 음력 8월 초여드레는 '제비둥지축제'로 이때는 제비둥지를 터는 성대한 행사를 주최한다. 많은 사람들이 보는 가운데 각지의 능력자들이 도마뱀처럼 돌기둥 사이를 오가며 제비둥지를 터는 것은 보기만 해도 등골이 서늘하다.

연자동은 겨울에 따뜻하고 여름에 서늘해 일 년 사계절 기온이 안정되어 있다. 거기다가 동굴 안과 밖에는 고대인들이 남긴 글들이 많아 필묵의 향을 풍긴다.

연자동은 운남성 홍하 하니자치주 건수현 동쪽 30km 거리에 위치했는데 곤명 버스터미널에서 건수까지 십여 편의

버스가 운행된다. 요금은 45원이다. 건수에서 연자동까지의
버스를 바꾸어 타는데 왕복요금은 8원이다.

중국 고전소설과 문학

고대로부터 시작하여 진나라(秦), 동한(東漢), 서한(西漢)에 이르기까지 많은 신화전설, 우화이야기와 사전문학(史傳文學) 등이 출현되었다. 이것은 향후 소설작품 발생에 직접적인 영향을 주었다.

위(魏), 진(晋), 남북조(南北朝) 시기 많은 소설작품이 출현하였다. 그중 진실한 인물, 사실들을 묘사한 ≪지인≫(志人)소설과 신, 귀신 등을 묘사한 ≪지괴≫(志怪)소설들이 많이 나왔다. 당조(唐朝) 전기(傳奇)의 출현은 소설의 진일보적인 발전을 의미한다. ≪지인≫(志人), ≪지괴≫(志怪)소설과 비하면 당조 전기 소재는 그 내용이 더욱 광범하고 현실성이 더욱 강하며 사상, 예술상에서 한결 더 성숙되었다.

그 대표적 작품은 원진(元鎭)의 ≪영영전≫, 백행간(白行簡)의 ≪이와전≫(李娃傳) 등이며 송(宋), 원(元)시기 설화(說話)의 기초상에서 화본(話本)소설이 탄생되었으며 이런 소설들은 평민들의 구두어로 씌어져 알아듣기 쉽고 많은 하층인민들의 생활, 사상 감정들을 반영하였다.

화본(話本)은 소설(小說)과 강사(講史) 두 가지로 나뉜다.

전자는 ≪청평산당화본≫(淸平山堂話本), ≪유세명언≫(喩世明言), ≪경세통언≫(警世明言), ≪성세행언≫(醒世通言) 등이며 후자에서 지금까지 전해 내려온 것은 ≪전상평화5종≫(全相平話五種), ≪대송선하일사≫(大宋宣和遺事), ≪대당삼장취경시화≫(大唐三藏取經詩話) 등이다. 명(明), 청(淸) 시기에는 중국고전소설이 흥성하였으며 4대 문학명작 ≪삼국연의≫(三國演義), ≪수호전≫(水滸傳), ≪서유기≫(西游記), ≪홍루몽≫(紅樓夢)이 바로 이 시기 걸출한 성과이다. 포송령(蒲松齡)의 문어(文言)단편소설집 ≪료재지의≫(聊齋志儀), 오경자(吳敬梓)의 장편풍자소설 ≪유림외사≫(儒林外史)도 역시 이 시기 중요한 작품이다.

청나라 말기에 몇 부의 비판소설(譴責小說)이 나타났는데 예를 들면 이백원(李伯元)의 ≪관장현형기≫(官場現形記), 오견인(吳人)의 ≪20년 목격한 괴이한 현상≫[二十年目睹之怪現狀] 등이다.

≪삼국연의≫(三國演義)는 중국의 첫 번째 저명한 장편

역사소설로서 원 말(元末), 명 초(明初)의 나관중(羅貫中) 작품이다. 진수(陳壽)의 ≪삼국지≫(三國志), 범엽(范曄)의 ≪후한서≫(后漢書), 원조(元朝) ≪삼국지 평화≫(三國志平話) 등에 기초하여 재창작한 것으로 모두 120회이다.

소설은 동한 말기(東漢末期)와 3국 시대의 근 1세기간의 정치싸움과 군사싸움을 묘사하고 당시의 동란사회를 반영하였으며 통치자들의 죄행을 폭로하고 여러 전형적인 형상들을 성공적으로 부각시켰다. 예를 들면 간교함과 계책이 많은 조조(曹操), 경솔한 장비(張飛), 지혜가 많은 제갈량(諸葛亮), 용감한 관우(關羽) 등이다.

소설에서 많은 전역(戰役)들을 묘사하였으며 크고 작은 전역들이 작가의 필치아래 천변만화하게 묘사되고 각기 그 특징을 지니고 있다. ≪적벽지전≫(赤壁之戰)은 전쟁, 전술을 집중적으로 표현하였다. 반면 소설에서 작가는 봉건적인 정통사상(正統思想)도 표현하였다. 소설의 언어가 알아듣기 쉽고 등장인물이 많으며 스케일(scale)이 장대하고 이야기의 구성, 줄거리가 굴곡적인 바 중국역사 소설의 걸출한 대표작이다.

수호전

　≪수호전≫(水滸傳)은 중국의 저명한 장편소설로서 원말(元末), 명 초(明初) 시내암(施耐庵)의 저작이다. 작가는 ≪대송선하일사≫(大宋宣和遺事)와 관련된 기초상에서 재창작한 것이다. ≪수호전≫(水滸傳)은 주로 송강(宋江)을 위주하는 양산(梁山)농민군들의 흥기(興起)로부터 조정(朝廷)에 투항하기까지의 역사과정을 묘사한 것으로 봉건통치계급들의 부패성을 폭로하고 '관핍민반'(官逼民反)의 주제를 제시하였다.

　작품에서는 이규(李逵), 무송(武松), 임충(林沖), 노지심(魯智深) 등 영웅인물들을 부각하였다. 이야기 줄거리가 굴곡적이고 언어가 생동하며 인물성격이 선명하여 그 예술적 가치가 아주 크다.

반면 ≪수호전≫에서 탐관오리들만 반대하고 황제는 반대하지 않았기에 엄중한 사상적 국한성을 가지고 있었다. 이 소설은 전래되는 가운데 부동한 책자[本子]가 나타났으며 주로 120회본과 100회본 그리고 71회본이 있다

서유기

《서유기》(西游記)는 중국의 저명한 낭만주의(浪漫主義) 장편소설로서 명나라 오승은(吳承恩)의 저작이며 모두 100 회로 되었다. 당승(唐僧) 현장(玄奬)이 경서를 가지러 간 것은 역사상의 진실한 사실로서 송조[宋代] 시기 《대당삼장 구경시화》(大唐三藏取經詩話) 화본(話本)이 있었고 원조(元朝) 때 《서유기 평화》(西游記平話)가 있었다. 이것을 기초로 작가는 규모가 크고 구조가 완정한 거작 《서유기》(西游記)를 창작하였다.

소설에서 7회까지는 손오공(孫悟空)의 출생을 서술하였는데 천궁(天宮)을 소란시키는 등의 이야기를 통하여 손오공의 봉건통치자들에 대한 반항정신을 표현하였다. 7회 이

후부터 손오공이 당승(唐僧 – 삼장법사)을 돌보면서 서천(西天)으로 경서를 가지러 가는 도중 잠복해 있는 많은 요귀들을 물리치면서 폭행을 두려워하지 않고 곤란을 이겨내는 완강한 정신을 표현하였다.

　작품은 상상력이 풍부하고 이야기의 줄거리가 굴곡적이며 언어가 생동하고 유머적이다. 소설에서는 재간이 남다르고 담력과 식견이 있는 손오공, 듬직하고 자사자리한 저팔계(猪八戒), 세상일에 어둡고 가소로운 당승 등 전형적인 인물들을 성공적으로 부각하였다.

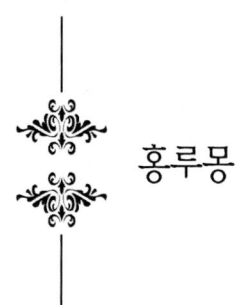

홍루몽

《홍루몽》(紅樓夢)은 중국의 위대한 현실주의 장편소설로서 모두 120회로 되었다. 전 80회는 청나라[淸代] 조설근(曹雪芹)이 저작한 것이고 후 40회는 고악(高鄂)이 이어서 쓴 것이다.

《홍루몽》은 18세기 중엽 건륭황제(乾隆皇帝)시기의 저작으로 이 시기 봉건제도는 이미 극도로 부패하지만 봉건 통치세력들은 제도를 계속하여 유지한다. 시대 및 지리적 배경은 드러나지 않는 걸로 알려졌다. 가(賈)씨 집안의 흥망성쇠와 함께 가보옥(賈寶玉), 설보채(薛寶釵), 임대옥(林黛玉) 세 젊은 남녀와 사랑과 이별, 결혼의 이야기를 그리고 있다.

홍루몽의 문학적 성과로서는 중국 소설의 대표작이라는 것이다. 중국 전통의 모든 문학 장르를 하나의 소설 문체 속에 용해해 냈다. 중국 봉건사회의 실상을 풍부한 기교와 다양한 이야기 구조의 결합을 통해 깊이 있게 묘사하였으며 이러한 특질로 인해 많은 해석이 존재한다.

120회에 달하는 대하소설인 홍루몽은 청나라가 안정되었던 시기에 나온 작품으로서 크게 유행하여 명대에 나온 4대 기서의 위치를 위협하기까지 한 작품이다. 작가는 조설근(曺雪芹)이지만 앞의 80회만이 확실한 그의 작품이며 뒤의 40회는 정확히 밝혀진 사실이 없다.

조설근은 청나라 강희제의 두터운 신임을 받은 조인(曺寅) 손자로 태어나 부유한 명문 가문의 자제로서 풍족한 어린 시절을 보냈다. 그러나 10대 시절에 가문이 몰락하여 빈궁 속에서 생을 마쳤다. 홍루몽은 막대한 부를 축적했던 가문의 영광을 돌이켜 보며 그 시절에 만났던 인물들을 모델로 하여 지은 작품이다.

따라서 홍루몽은 사대부 층의 실상을 기반으로 현실적인 인물들이 살아가는 삶의 우여곡절을 세밀하게 엮어낸 것으로 환상에 기초한 다른 중국 소설들과는 다른 면모를 보여주었고 복잡하고도 깊이 있는 주제의식 역시 뛰어나 중국 소설을 대표하는 소설이 되었다.

홍루몽은 기존에 없던 방대한 사랑이야기이기도 한데 명

대 소설인 금병매(金甁梅)가 한 가정의 남녀 문제에 초점을 맞추어 '기혼 성인 남녀'의 가정사를 다룬 이야기이라면 홍루몽은 20대 전후의 청춘 남녀가 청순하고 진솔하게 사랑하는 모습을 그린 소설이다. 소설의 첫머리는 중국 고전 중의 고전인 산해경(山海經)의 여와신화를 인용한 석두기(石頭記)의 이야기로서 시작되고 있다. 이는 하늘에서 내버려진 돌[石頭]이 적막함과 무료함을 못 견디고 인간 세상으로 내려가 가보옥으로 환생하였다가 다시 돌아가 자신이 겪은 세상사를 적어둔 이야기이다.

또한 여기서 진사은과 가우촌의 만남과 이별을 통해 진짜와 가짜, 유와 무의 분별이 어려우며 가짜와 진짜가 맞물려 돌아가는 홍루몽의 구조를 보여주기도 한다. 2회 이후로는 가보옥(賈寶玉)의 탄생과 성장 그리고 임대옥(林黛玉)과 설보채(薛寶釵)라는 여주인공의 등장 및 이들의 사랑과 이별을 그리고 있는데 할머니 사태군(史太君)의 꾀에 속아 가보옥이 마음에도 없는 설보채와 결혼하던 날 임대옥은 숨을 거두는 것으로 나온다. 이에 사랑에 허무함을 절실히 깨달은 가보옥이 19년간의 인간 생활을 버리고 원래의 석두로서 자신이 떠나온 대황산 무계애로 돌아간다는 것이 주요 내용이다.

이런 젊은이들의 사랑이야기와 함께 나타나는 또 하나의 이야기 구조가 가(賈)씨 집안의 흥망성쇠이다. 100년 가까이나 부귀영화를 누리는 개국 공신의 후예 집안이었다. 하지만 아무도 집안을 돌보지 않고 모두 사치와 낭비를 일삼다 가문이 몰락해 가족이 와해되고 만다. 이에 가보옥이 인생과 사회에 대해 쓰라린 회한을 느끼는 모습은 작가 조설근의 가정사를 연상시키기도 한다.

그러나 홍루몽이 조설근의 집안일을 다룬 것이라는 해석이 있는가 하면 또 다른 해석도 있는데 바로 청대에 쓰인 홍루몽이 기실은 명왕조의 복원을 꿈꾼 정치소설이라는 견해다. 조설근이 홍루몽을 쓴 18세기는 청의 역사에서도 가장 안정된 시기였으나 반청의 움직임이 전혀 없었던 것은 아니었다. 남반부 사람들의 강력한 지지로 남명(南明)이 수십 년간 존속될 정도였다. 이러한 정치적 여파에 휩쓸려 화를 입은 사람들도 수없이 많았다. 이에 조설근이 화를 당하지 않을 정도로 교묘하게 명나라를 그리는 마음을 담은 것이 홍루몽이라는 의견이다.

이러한 홍루몽의 해석에 대한 여러 의견들이 대립되어 현대에까지도 계속 논쟁이 진행되고 있다. 바로 홍루몽을 연구하는 학문인 홍학(紅學)의 일부를 이루고 있다.

홍루몽은 귀공자 가보옥과 임대옥, 설보채를 포함한 금릉십이채(金陵十二釵)의 열두 여인이 얽히는 이야기를 포함하여 사대부 가문의 몰락과 주인공의 비극적 사랑 이야기 등을 다루고 있다. 그러나 문학적 의의가 그것으로만 그

치는 것은 아니다. 물론 복잡한 감정 구조를 가진 주인공들을 현실적으로 그려내고 당시로서는 드물었던 비극적 결말을 이끌어냈다는 점에도 문학적 의미는 있다.

하지만 홍루몽이 중국을 대표하는 소설이 될 수 있었던 것은 역시 산해경(山海經), 초사(楚辭), 장자(莊子), 서상기(西廂記), 수호전(水滸傳), 서유기(西遊記), 금병매(金瓶梅) 등 다양한 작품을 모두 용해시킨 풍부한 문체와 중국 전통의 여러 철학 사상을 모두 조금씩 드러내 보인 점 등 중국 문학의 두 갈래를 이뤄온 사실주의와 낭만주의의 양 문맥을 연결시켜 주는 작품이라는 점에 있을 것이다.

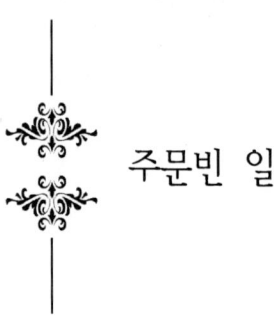

주문빈 일가

하북성 소재지 석가장에는 중국인민해방군 화북군구(華北軍區) 열사능원이 있다. 드넓은 화북대지에서 항일전쟁과 해방전쟁의 승리를 위해 희생된 수많은 열사들을 기리기 위하여 만들어진 능원이다. 능원에 모셔진 주문빈 열사, 그는 조선민족이 낳은 우수한 아들로서 이곳에 모셔진 유일한 조선족 열사이다.

주문빈(1908년-1944년)의 원명은 김성호(金成鎬)였다. 1908년 9월 23일 조선 평안북도 신의주 홍남동(洪南洞)에서 태어났다. 일찍 중국혁명에 참가한 그는 제2차 국내혁명전쟁 시기 개란(開灤)탄광 노동자들의 대파업을 조직하여 제국주의와 국민당반동파들에게 큰 타격을 주었다. 항일전쟁 시기에는 기열

요변구(冀熱遼邊區)특별위원회(特別委員會) 조직부장으로 있으면서 직접 항일대오를 거느리고 일본침략군과 싸웠다. 그의 드팀없는 공산주의사상과 위대한 국제주의정신은 화북대지에 우뚝 솟은 기념비마냥 영원히 사람들의 마음속에 남아 있다.

주문빈 열사의 여동생 김신정 노인이 북경시 청하진(清河鎮)에 있다. 청하진은 번화하지 않은 작은 진이다. 김신정 노인의 저택은 보통가옥이다. 90세에 가까운 두 노인만이 거주하고 있는 낡은 3칸짜리 아파트다.

주문빈 열사의 일가는 1914년에 반일지사였던 아버지 김기창을 따라 조선 의주(義州)로부터 중국 북평(북경)시 통현으로 이주해왔다. 아버지 김기창, 어머니 홍기주(洪基柱, 1962년 90세를 일기로 북경에서 사망), 큰누이 김신경(金信慶), 큰오빠 김승호(金承鎬), 둘째 오빠 김영호(공산당원), 셋째 오빠 김성호(주문빈), 막내 오빠 김상호(金祥鎬) 그리고 막둥이 김신정이었다.

1914년 아버지 김기창은 처음 중국에 와서 북평시 통현 복흥장(夏興庄)에 자리를 잡았다. 김기창은 천진의 남개학교(南開學校) 교장인 장백령(張伯齡)을 알고 있었다. 일찍 장백령 교장이 조선 평양을 방문하였을 때 김기창이 통역을 맡아주었던 인연이 있었다. 그리하여 김기창 일가는 장백령의 도움으로 천진을 거쳐 북경에 오게 되었던 것이다.

북경에서 공부하는 기간 주문빈 형제는 모두 혁명을 지

향하면서 선진적인 사상을 받아들였다. 그리고 20세기 20, 30년대 수많은 조선혁명가들이 주문빈 일가의 도움을 받아 중국에서 혁명활동에 종사하였다.

초기에는 반일지사였던 아버지 김기창을 찾아 많은 혁명가들이 다녔고 후에는 공산주의를 신앙하였던 주문빈 형제들을 찾아오는 젊은 혁명가들이 많았다. 김신정 노인이 회억한데 의하면 안창호, 김구를 비롯한 신민회 요원들이 많이 다녔고 후에는 양명(梁明), 한위건(이철부), 무정 등 공산주의운동 활동가들이 다녔다.

주문빈 형제는 후에 모두 제각기 혁명에 참가하였는데 그들의 생애에 대해서는 김신정도 잘 모른다. 김신정 노인이 회억한데 의하면 주문빈 열사의 희생소식도 일본이 항복한 후에야 전해 들었다고 한다. 말 그대로 조선 독립과 혁명을 위한 열사가족이었다.

일찍부터 큰 뜻을 품은 주문빈의 아버지 김기창은 조선팔도를 다니면서 시야를 넓혔다. 용천군의 한 부잣집 서동(書童)으로 있으면서 한문(漢文)을 익히고 주산을 배웠던 그는 조선 어디에서든지 환대를 받았다. 사람들은 그의 재간을 기특하게 여겨 집 사랑채에 재워주고 먹여주었다. 조선 팔도강산을 다니면서 어린 김기창은 빈궁에 허덕이는 백성들의 참상을 목격하고 가슴에 큰 뜻을 품게 되었다.

이때 조선의 많은 지사들이 날로 기울어져가는 국운을

통탄하면서 민족자각을 목적으로 한 신민회를 조직하였다. 신민회는 1907년 도산(島山) 안창호의 발의에 따라 양기택(梁起鐸)을 총감독으로 설립한 비밀결사이다. 안창호, 이동휘, 최광옥(崔光玉), 이승훈(李昇薰), 이회영, 김구, 박은식, 신채호 등을 요인으로 전국 800명 회원을 확보한 신민회는 각지에 연락원을 두었다. 김기창은 신민회의 회원으로서 신의주의 연락원으로 많은 일들을 하였다.

독립운동가 김철남

독립운동가 김철남(金鐵男)에 대하여서는 중국에서 잘 알려지지 않고 있다. 일찍부터 민족독립의 길을 찾아 중국에 들어온 그는 제1차 국내혁명전쟁 시기부터 중국혁명에 참가하였다. 그러나 줄곧 국민당 장교의 신분으로 많이 활동해 왔기 때문에 사람들은 그를 잘 몰랐던 것이다. 국공합작의 분위기 속에서 중국 내 반일투사들의 대단결을 주장하였고 또 임시정부 교통부 차장까지 지냈던 김철남은 열강들에 의해 분단되는 조국에 가지 않고 그냥 중국에 남아 있었던 것이다.

북경에는 5남매 모두가 음악에 종사하여 커다란 성과를 이룩하고 있는 유명한 음악인 대가정이 있다. 이 가정이 바로 조선 독립운동가 김철남의 유가족이다.

장남 김정평(金正平, 1929년생) 교수는 중앙민족대학 음악학원 교수이며 북경대학 음악감독 겸 지휘로 있고 차남 김중평(金仲平) 씨는 중앙음악학원을 졸업하고 무한군구가무단에서 사업하다가 퇴직하였으며 셋째 김야평(金冶平) 씨는 중앙악단에서 근무하다가 미국에 갔고 넷째 김인평(金仁平) 씨는 북경음악주보 부총편으로 사업하다가 퇴직하였다. 그리고 김철남의 막내딸 김애평(金愛平, 1938년생) 여사는 음악교원으로 사업하다 퇴직하였다.

이들의 자녀들도 국제음악콩쿠르에서 수상하는 등 음악계에서 화려한 활약상을 보이고 있다.

2004년 1월, 김철남의 부인 역소군(易素君,96세) 여사는 근 100세에 가까운 고령이었지만 청각이 좀 불편했을 뿐 퍽 건강했다. 역소군 노인은 아득한 추억을 더듬었다.

"그이는 늘 사업하면서 집을 돌보지 않아 집에 돈이 얼마 있는지 몰랐습니다. 그리고 늘 친구들을 도와준다면서 돈을 내놓으라 하였거든요. 돈이 없으면 어떻게 하겠습니까? 친구들에게 적게 주면 화를 내기 때문에 옷을 저당 잡히고 값진 물건을 팔면서 친구들에게 주었지요. 소련에서 공부하는 사람, 군관학교에 공부하러 온 사람들 모두 우리집에 왔거든요. 상해에 와서 병이 나면 돈을 주곤 하였지요. 손두환네 가족도 우리가 도와주었어요. 장성철(張圣哲)

이 러시아에서 공부하고 우리 집에 왔었는데 그때 일자리를 찾아주고 우리 집에 있던 여동생이 그와 가깝게 보냈기에 얼마 후 그에게 시집보냈어요. 그때 또 많은 조선 사람들이 찾아왔습니다. 박시창(朴始昌)도 낙양군관학교를 졸업하고 남경에 왔으며 귀양에 있을 때 김구의 어머니도 김신(金信)을 데리고 우리 집에 와 한동안 있었습니다. 그때는 음력설을 앞둔 그믐날이었습니다. 그래서 우리는 함께 설도 쇠었어요……."

당시 상해, 남경에 오는 조선혁명가나 청년지사들은 모두 김철남을 찾아와 도움을 받았다. 그때면 김철남은 그들이 좌파든 우파든 헤아리지 않고 무릇 조선인이면 애써 도와주려 하였던 것이다. 김정평 교수는 아버지께서는 술을 즐겼고 많이 마셨기에 '주왕'(酒王)이었다면서 이렇게 말했다.

"어머니는 한족이었지만 아버지의 혁명사업을 사심 없이 지지해 주었습니다. 집에 자녀들이 그렇게 많았지만 늘 뒤에서 장신구들을 팔아가면서 돈을 마련하여 조선 사람들을 도와주었습니다. 아버지는 늘 친구들과 함께 술을 마시며 놀았고 밤에는 친구들이 모두 우리 집 객실에 누워 잤지요……."

김철남의 매제인 장성철은 황포군관학교 제3기 졸업생으로서 광동항공국 비행학교, 러시아 비행학교를 졸업하고 조기 비행전문가로 활동하였던 조선 지사였다.

독립운동가 김철남의 사적을 정리하면 다음과 같다.

김철남(1895년 9월 12일 - 1952년 10월 7일)은 황해도 신천(信川)출신으로서 일명 김병두라고도 한다. 몰락해가는 봉건지주가정에서 태어난 그는 1915년 5월 서울 경신학교를 졸업한 뒤 독립운동에 투신할 신념을 안고 중국 상해로 왔다. 일본의 식민지통치로 하여 가정이 날로 몰락해갔기 때문에 김철남은 학교 다니기도 힘들었다. 그는 미국 목사가 꾸리는 학교에서 청소를 하고 등갓을 닦는 등 잡일을 하면서 공부하였다. 어려서부터 부지런하고 총명한 그는 미국 목사의 도움을 받아 대학에 가게 되었다. 그는 늘 교회에 가서 교회음악을 들었고 바이올린을 배우기도 하였다.

 월병

　음력 8월 15일에 월병을 먹는 풍속은 중국의 2천 년 역사가 맥락을 꼬아온다. 한조 때 민간에서 추석에 삶았거나 찐 떡을 먹는 게 유행이었다. 초기 월병은 소병, 첨병인데 제사용 음식이었다. 서역에서 호두, 참깨 등이 들어오면서 호두 속을 원료로 한 호병(胡餠)이 나왔다. 남송 때 주밀의 ≪무림구사≫(武林旧事)의 기재에 따르면 당시의 월병은 시루에 찐 밀가루 떡이었다. 월병전설에 대해 당조 때 두 가지 설법이 있었다. 하나는 당태종이 정관 8년에 토곡훈을 격파하고 8월 15일 북경에 개선하여 경축할 때 한 사람이 둥그런 채색 떡을 진헌(進獻)하니 당태종이 기뻐 장령들과 나누어 먹었는데 그 채색 떡이 오늘의 월병전신이란 거다.

다른 하나는 당현종이 모년 8월 15일 밤에 달나라를 거니는 꿈을 꾸었는데 달 모양으로 된 떡을 먹으니 상아가 사람들에게 이 떡은 만사길조, 국태민안의 상징이라고 했다. 당현종은 꿈을 깬 후 명령을 내려 꿈에 본 달 모양의 떡을 모방해 만든 후 천하태평을 비는 데 상용하게 했는데 이 떡이 월병모체란 거다.

원조 때 추석에 월병을 먹는 것과 관련된 사화가 있다. 원조 말년의 농민봉기군 수령 주원장, 유백은이 비밀리에 정보를 보내기 위해 특제한 월병 속에 비밀을 넣어 음력 8월 15일 저녁달이 가장 밝을 때 봉기를 일으키기로 약속했다고 한다. 하여 지금 추석이면 서로 월병을 선물하는 풍속이 발족한 거라 한다. 청조 땐 월병일화가 더 많다. 건륭황제는 추석을 매우 중시했는데 원인은 그가 8월 13일에 출생했기 때문이다. 매년 추석이면 중국에서는 무게가 10근 남짓한 탑 모양의 월병을 제조했는데 '연연유'(年年有)라 했었다.

자희태후는 월병을 '월채고'(月菜糕)라 했는데 '월병'(月餠)과 '월병'(月病)이 발음이 비슷하고 '월병'(月病)은 여성의 생리주기와 관계있기에 이를 꺼려 병의 이름을 고쳤다고 한다. 청조 때 월병은 '상아가 달을 쫓다', '은하의 달밤', '서시가 달에 취하다', '천녀가 꽃을 뿌리다' 등의 각종 도안이 새겨져 식료품과 예술의 혼연일체(渾然一体)를 이루었다.

월병은 천만 개의 추석을 거쳐 오늘까지 규범화로 고착되었는데 경(京), 진(津), 소(囌), 오(奧), 전(滇)의 5개 대계를 이루었고 품목도 근 500종에 달하며 풍미가 각이하다. 각지의 풍속이 다르고 월병의 재료가 부동할지라도 월병은 대단원의 날 먹는 음식인건만은 틀림없다. 둥글게 어울려 단결과 영합을 기원해온 소망이 오롯이 깃든 연유라겠다. 밀가루과자로 발족한 역사가 오늘은 달떡으로 부상하며 더불어 사는 묘미를 깨쳐주는 매력이 잠재되었다. 원(圓)은 영원의 상징이요, 무한의 동경이렷다. 둥글게 모여 오래 크게 뭉치려는 약속이 깃든 월병이기에 다민족 남녀노소가 즐겨 먹나 보다. 민족전통을 민속학적으로 규정짓는 제약을 모른 채 루루천년 한결같이 만끽해온 데는 수선 동일한 인간지향연대성이 더 작용한 거다. 엉키고 설키고 하나로 통일되며 무궁의 심볼을 자랑하는 월병이다. 문화영향력이 다분히 응고되고 잠재기능이 달콤히 젖어 있는 월병 하나하나가 행창 밝은 명월을 연상시킨다.

'거울'이란 말은 '거꾸로'라는 뜻을 나타내는 '거구로'에 어원을 두고 있다. '거울'은 '개굴'이 '개울'로 된 것처럼 '거구로'에서 'ㄱ'이 빠져 '거우루'로 되었다가 '우'가 줄어들면서 이루어진 거다. 즉 '거구루 → 거우루 → 거울'로 변한 거다. 먼 옛날에는 냇가나 개울의 물을 거울로 삼았다.

그런데 얼굴을 물에 비쳐보면 거꾸로 보였다. 이로부터 거꾸로 보이는 것을 '거구루→ 거우루'라고 했는데 이 말은 오늘 '거울'로 변하여 거꾸로 보이는 것이란 뜻은 없어지고 얼굴 같은 것을 비쳐보는 것이라는 뜻을 가지게 되었다. 옛날엔 물을 거울로 삼았지만 그 후 사회가 발전하면서 거북이잔등, 차돌, 구리 등을 이용하였고 오늘은 유리로 거울을 만들어 사용한다.

해방 전 미제국주의자들은 조선에서 광산을 독차지하고 금을 비롯한 지하자원을 약탈했다. 황금에 눈이 어두운 식민지통치자들은 금광맥을 발견하면 금덩어리 하나 손대지 못하게 했다. '노다지'란 말은 '다치지 말라'는 영어의 '노타치'(no touch)뜻이다. 내가 월병의 고유한 함의를 모른 채 도난 해프닝을 저질렀으니 거울이나 노다지로 자학훈계를 받아 마땅할 듯싶다. 월병이 거울로 되어 마음의 하늘에 보름달이 밝고 월병이 금덩어리로 되어 탐욕을 경계하는 스톱을 알린다.

월병, 거울, 노다지에는 끈끈한 맥이 묻어 있다. 그리고 인류의 지혜와 소망이 담겨 있다.

중국 도시명칭의 유래

::5개 자치구

__서장

원나라, 명나라 때 우스장(烏斯藏)으로 불렀다. 우스는 서장어로 '가운데'라는 뜻이고 장은 '성스럽고 깨끗하다'는 뜻이다. 서장이 중국의 서부에 위치했으므로 서장으로 불리게 됐다.

__내몽골

외몽골과 구분하기 위해 내몽골로 불렀다.

__ 신강

새롭게 개척한 강토라는 뜻으로 신강으로 불리게 됐으며 신(新)으로 약칭한다.

__ 광서

기원전 214년 진시황은 인근지역을 통일하고 계림군을 비롯한 3개의 행정구역을 설치했는데 그 가운데서 계림군에는 지금의 광서의 대부분 지역이 포함됐다. 광서를 계(桂)로 약칭하는 것은 이러한 역사적 원인 때문이다. 송나라 때는 이곳에 행정기구인 광남서로를 설치했는데 이를 광서라고 불렀다. 이것이 오늘날 광서장족자치구 명칭의 유래이다.

__ 영하

서하(西夏)의 평안을 기원한다는 뜻으로 한 자씩 따서 지어진 이름이며 영(宁)으로 약칭한다.

::2개 특별행정구

__ 향항

고깃배들이 드나드는 부두 및 향료수출입의 항구였기 때문에 향항이라는 명칭을 얻게 됐으며 강(港)으로 약칭한다.

__오문

오(澳)는 선박이 정박하는 곳이라는 뜻이다. 원나라 말, 명나라 초부터 오문이라는 명칭이 사용되기 시작했다고 전해지며 남북에 서로 마주보고 있는 높은 대가 있어 마치 문과 같다고 하여 오문으로 불렀다고 한다.

::도시

__남경

중국역사문화의 도시로 유명한 남경은 역대 많은 왕조의 수도였다. 남경은 금릉(金陵)으로도 불리는데 초위왕이 월나라를 멸망시킨 후 이곳에 금릉읍을 설치했기 때문이다. 전하는 데 의하면 초위왕은 이곳에 왕의 기운이 있다고 여겨 금을 파묻어 그 기운을 눌렀다고 하며 그래서 금릉이라 불렀다고 한다. 또 삼국 시기 오나라가 성을 굳게 지키기 위해 이곳에 돌로 성벽을 쌓았다 하여 석두성(石頭城)으로 불리기도 한다. 1368년 명나라 홍무(洪武)6년 때 이곳에 도읍을 정하고 남경으로 칭했는데 그 명칭이 지금까지 전해지고 있다.

__ 서안

서안은 옛날에 장안이라 불렀다. 한왕조가 '장기간의 통치와 평안'을 기원하는 뜻에서 장안이라 지었던 것이다. 명나라 때부터 서안으로 불리기 시작했으며 서부지역의 안정을 뜻한다. 1928년에 서안시가 됐다.

__ 광주

기원 210년 동한 때 이곳을 교주(交州)라고 불렀다. 226년 삼국 시기 오나라가 교주동부에 주(州)를 설치하고 광주라고 불렀다. 광주의 약칭은 '이삭'을 뜻하는 수(穗)이고 광주는 또 양성(羊城)이라는 별칭을 갖고 있다. 전설에 의하면 오색빛깔의 옷을 입은 신선 5명이 오색 빛의 양을 타고 나타나 곡식이삭을 건네주었다고 해서 오양성, 수라는 명칭이 생기게 됐다고 한다.

__ 온주

여름은 무덥지 않고 겨울은 혹한이 없는 따뜻한 기후로 인해 온주라는 이름을 얻게 됐다. 온주는 또 녹성(鹿城)이라는 별칭이 있다. 전하는 데 의하면 성벽을 쌓을 때 마침 꽃을 꽂은 흰 사슴이 이곳을 지나게 돼서 이것이 길한 징

조라고 여겨져 녹성이라는 별칭을 얻게 됐다. 옛날 이곳에 작은 사발을 비롯한 도자기가 많이 났기 때문에 구(甌)라고 약칭한다. 속이깊은 작은 사발을 뜻한다.

__영파

명나라 초기에는 명주부(明州府)로 불렀으나 나라명과 겹친다고 해서 개칭한 것이 영보부(宁波府)이다. '바다가 안정되면 물결이 평온하다(海定波宁)'는 뜻이다.

__무석

주진(周秦) 시기, 무석 서쪽교외에 있는 석산(錫山)에서 납과 주석을 발견하게 됐는데 현지민들이 앞다투어 채굴했으므로 이곳 지명이 '주석이 있다'는 뜻의 유석(有錫)으로 불리게 됐다.

서한(西漢) 초기에 이르러 채굴 끝에 주석이 바닥이 나게 되자 '주석이 없다'는 뜻으로 무석이라 불리게 됐다고 한다.

__소주

전하는 데 의하면 상대(商代) 말기, 주나라 왕에게는 아들 3명이 있었는데 왕은 막내 아들의 아들 창(昌)의 재능을 높게 사 왕위를 막내 아들을 거쳐 창에게 넘기고 싶어 했다. 이를 눈치챈 맏아들과 둘째는 강남 매리(梅里)로 내려가 머리를 깎고 왕위에 욕심이 없음을 나타냈다. 이들은 선진문화와 농업생산기술을 현지인들에 전파하였고 그곳에서 맏이 태백(泰伯)는 군장(君長)으로 추대받아 국호를 윤오(勾吳)라 했다. 윤오가 바로 오나라이다. 태백으로부터 왕위가 19대째 전해져 기원전 585년 수몽(壽夢)이 즉위하게 됐는데 이때부터 오나라는 정식으로 연대를 기록하게 됐다. 이때 태호 동북연안에 소주라는 곳이 있었는데 토지가 비옥하고 자원이 풍부할 뿐만 아니라 많은 인구가 살고 있었다. 기원전 561년 오나라는 도읍을 소주로 옮겼다.

__ 항주

항주지명은 수나라 때부터 시작됐으며 항주의 약칭 항(杭)은 여항(余杭)에서 비롯됐다. 여항은 월인(越人)이 지은 지명으로 여(余)는 소금을 뜻했고 항(杭)은 방주(方舟)거나 배 몇 척을 이어놓은 부교(浮橋)를 뜻했다.

일부 도시의 별칭

하얼빈_얼음의 도시
낙양_모란의 도시
소주_물의 도시
무한_강의 도시

광주_꽃의 도시
제남_샘의 도시
곤명_봄의 도시
남경_돌의 도시

중국 고대의 4대 추녀, 4대 재녀, 4대 미녀

::4대 추녀(醜女)

1. 모무: 원고 시대 황제(黃帝)의 아내로서 외모가 아주 추한 것으로 전해진다. 하지만 모무는 덕행과 지혜로써 당시 여성들의 모범으로 꼽혔으며 최종 황제를 도와 염제를 격파했다고 한다.

2. 종이춘(鐘離春): 전국 시기 제나라 무염현의 제1추녀, '무염녀'로 불린다. 종이춘은 사리가 밝고 대의를 깊이 알아 제선왕을 직접 만나 그의 부패성을 지적한 것으로 제선왕의 왕후로 되었다.

3. 맹광(孟光): 동한 시기 현사 양홍의 아내로서 중국 고대 '현부'(賢婦)의 대명사로 불린다. 맹광은 피부가 검고 얼굴이 추하게 생겼지만 남편을 깍듯이 모셨으며 가정의 힘든 일을 맡아 했다. '거안제미(擧案齊眉, 부부가 서로 존경하다. 즉 맹광이 남편에게 밥상을 올릴 때 눈높이까지 받쳐 들었다.)'라는 이야기도 여기에서 전해진 것이다.

4. 완녀(阮女): 삼국 시기 위나라 허윤의 아내이다. 못생긴 외모 때문에 결혼 첫날밤 신랑을 놀래어서 도망가게 했다는 이야기가 전해지고 있다. 하지만 완녀는 예쁜 품행과 높은 견식으로 남편을 정복했으며 두 사람은 행복하게 평생을 보냈다고 한다.

:: 4대 재녀(才女)

1. 탁문군(卓文君): 한조 시기의 재녀이며 외모가 아름답고 거문고를 잘 다뤘다. 남편이 죽은 후 수많은 재벌들이 그에게 청혼했지만 탁문군은 결국 빈곤한 선비 사마상여와 재혼했다. 사마상여는 탁문군 뒤로 천하에 이름을 널리 날렸다.

2. 채문희(蔡文姬): 문학가, 서법가인 채읍의 딸이었기에 어릴 적부터 많은 것을 배웠다. 기억력으로 400여 편의 문장을 정확하게 외워 쓸 수 있었다고 전해진다.

3. 이청조(李淸照): 남송 시기 걸출한 여문학가이며 시문을 잘 지어 유명하다. 태학생 조명성과 결혼해 함께 금석서화를 연구했으며 남편이 세상 뜬 후 이청조는 홀로 항주 일대에서 외롭게 만년을 보냈다.
4. 반초(班昭): 박식하고 품덕이 고상한 중국 고대여성으로서 사학가, 문학가, 정치가이다. 일찍 오라버니 반고와 함께 ≪한서≫를 수정한 적이 있다.

::4대 미녀

1. 초선(貂蟬): 동한 말년 가희였으며 외모가 출중해 이름을 널리 떨쳤다.
2. 소군(昭君): 한원제 시기의 궁녀였다. 한원제는 한조와 흉노의 관계를 밀접히 하기 위해 예쁘고 견식이 높은 소군을 파견해 흉노의 왕인 후한사단에게 시집보냈다. 그후 소군은 후한사단을 권고해 전쟁을 정지하게 했으며 흉노와 한조는 60년간 평화롭게 지낼 수 있게 되었다.
3. 양귀비: 당현종의 왕비로서 춤과 노래가 뛰어났다. 당현종은 그 아름다운 용모에 반해 귀비로 맞아들여 총애했다.
4. 서시: 춘추전국 시기 월나라의 미녀이다. 나라의 어려운 시기 서시는 월왕 구천을 위해 오나라왕의 총애를 받는 왕비로 들어간다. 결국 오나라 왕은 고립된 국면에 처하게 되고 월왕 구천은 권력을 되찾게 되었다.

중국의 4대 불교명산

::보타산(普陀山)

보타산은 정강성 항주만 이동 100해 리 되는 곳에 위치, 중국 사대 불교명산의 하나이며 유명한 섬바다[海島]풍경유람승지이다. 이처럼 아름답고 또 많은 문물고적을 가진 섬은 전국적으로도 보기 드물다. 보타산은 항주만(杭州灣) 이동 약 100km 되는 곳에 위치해 있으며 주산군도(舟山群島)의 한 개 작은 섬으로서 면적이 12.5㎢에 달한다. 보타산의 풍경명승, 유람지가 매우 많은바 절당은 주로 보제(普濟), 법우(法雨), 혜제(慧濟) 삼대사묘가 있고 기암괴석은 주로 반타석(盤陀石),

이귀청법석(二龜聽法石), 해천불국석(海天佛國石) 등 20여 가지 있으며 동굴로는 주로 조음동(潮音洞)과 범음동(梵音洞)이 있다. 이 밖에 보타산에는 백보사(百步沙)와 천보사(千步沙)를 비롯한 모래톱과 해수욕장이 있어 여름철에는 이곳에서 수영하면서 마음껏 놀 수 있다.

:: 구화산(九華山)

구화산은 안휘성 청양(青陽) 현경 내에 있으며 중국 사대 불교명산의 하나이다. 당대(唐代) 문학가 유우석(劉禹錫)이 구화산에 오른 후 감탄을 금치 못했으며 천하의 명산이 모두 구화산과 비길 수 없다고 했다. 이백(李白)은 세 번이나 구화산에 오른 적이 있다. 구화산의 특점은 가파르고 풍경이 수려하며 불사(佛寺)가 많은 것이다. 동진(東晋) 연간부터 구화산에 사묘를 세우기 시작했는데 흥성한 시기 절이 300여 채에 달했다고 한다. 지금 잘 보존된 사묘가 50~60채가 있다. 구화산의 중심은 구화가(九華街)이며 사묘가 가장 집중된 곳이다. 구화가의 화성사(化城寺)는 구화산에서 가장 오랜 진대(晋代) 사묘이며 구화산의 주요 사묘이다. 화성사의 건축은 산세에 따라 배치해 뛰어난 건축설계예술을 보여줬다. 절 안에 높이가 10척[一丈]이고 무게가 약 2천 근에 달하는 낡은 종(鐘)이 있는데 수공이 정교하고 소리가 웅글어 '화성만종(化

城晚鐘'이 '구화산 십대경치[九華十景]'의 하나로 되었다. 구화가에서 동으로 가면 절벽 위에 세워진 전당이 있는데 바로 유명한 '백세궁(百歲宮)'이다. 전하는 데 의하면 명조 만력(萬曆) 연간 무하(無瑕)라는 중이 구화산에 와 인적이 드문한 동굴을 찾아 100년을 고심히 수련했는데 별세한 지 3년만에 사람들이 그의 시체를 발견했다. 산 위의 중들은 그를 다시 태어난 활불(活佛)로 인정해 그 시체에 금을 씌워 모셨다. 명조 숭정(崇禎)황제가 이 일을 알고 무하중을 '응신보살(應身菩薩)'로 책봉했다. 지금도 사람들은 사묘의 육신전(肉身殿)에서 무하중의 금 씌운 육신을 볼 수 있다. 구화산의 제일 경치는 산정에 있다. 천대봉(天臺峰)은 구화산의 주봉으로 해발고가 1,300여 m에 달한다. 15km의 산길을 걸어 천대봉에 오르면 눈앞이 확 트이고 피로가 삽시에 풀리게 된다. 주위에 뭇 산이 기복을 이루고 하늘과 땅이 혼연일체로 돼 보이며 멀리 장강이 긴 띠마냥 은은히 보이게 된다. 천대봉 위의 한 개 큰 산석에 '비인간(非人間)' 세 글자가 새겨져 있는데 그 광경은 사람들로 하여금 봉래선경(蓬萊仙境)에 몸을 둔 느낌을 가지게 한다. 천대 위에서 해돋이를 보면 그 경치가 태산일관봉(日觀峰)에서의 해돋이보다 못지않아 역시 구화산 십대경치의 하나로 돼 있다.

:: 아미산(峨嵋山)

아미산은 사천성 아미산시(峨嵋山市) 서남쪽 7km 되는 곳에 위치해 있으며 중국 사대 불교명산의 하나이다. 아미산의 주봉 만불정(萬佛頂)의 해발고가 3,099m에 달하는데 산기슭에서부터 산꼭대기에 이르기까지 연도에 폭포와 샘물이 흐르고 경치가 청아해 예로부터 '아미천하수'(峨眉天下秀)라고 절찬받았다. 아미산에 오르려면 보국사(報國寺)에서 떠나 좌우 두 갈래 노선이 있는데 왼쪽으로는 복호사(伏虎寺), 청음각(淸音閣), 홍춘평(洪椿坪), 선봉사(仙峰寺), 세상지(洗象池)를 거쳐 금정(金頂)에 이르며 오른쪽으로는 용문동(龍門洞), 백룡동(白龍洞), 만년사(萬年寺), 화엄사(華嚴寺)를 거쳐 금정에 이르는 것이다.

:: 오대산(五台山)

오대산은 산서성 동북부 오대현경 내에 위치해 있다. 오대산 사방이 약 300km인데 다섯 개 봉우리가 높은 기둥마냥 우뚝 솟고 봉우리에는 평지마냥 평탄하다고하여 오대(五臺)라 한다. 또한 산 위에 기후가 한랭하며 무더운 여름철에도 선선하다고 청량산(淸凉山)이라고도 한다. 오대산은 중외에 이름 있는 불교명승지이며 문수보살(文殊菩薩)의 도장(道場)이다. 뿐만 아니라 오대산은 그 유구한 역사와 웅대한 규모가 불교 4대 명산의 으뜸으로 일본, 인도, 스리랑카, 미얀마, 네팔 등 나라에서도 매우 이름 있다. 오대산 사묘는 한명제(漢明帝) 때에 건설되기 시작했으며 당조 시기에는 '문수신앙(文殊信仰)'의 성행으로 인해 사원이 360여 개나 달했다. 청조에 이르러 라마교(喇嘛教)가 오대산에 전해짐에 따라 각기 특색 있는 청(靑), 황(黃) 두 가지 절이 나타났다. 오대산의 다섯 개 봉우리에 에워싼 지역을 대내(臺內)라 하고 밖의 지역을 대외(臺外)라 한다. 지금 오대산에 43곳의 사묘가 보존돼 있다. 오대산의 사묘가 거의 다 대내 대회진(臺懷鎭)에 집중됐는데 그중 현통사(顯通寺), 탑원사(塔院寺), 수상사(殊像寺), 라사(羅寺)와 보살정(菩薩頂)을 오대산 오대선처(五大禪處)라고 한다. 대외의 사묘는 상대적으로 분산됐는데 그중 남선사(南禪寺)와 불광사(佛光寺)가 가장 유명하다.

▌약력

원　명 - 정룡범
아　호 - 매상, 효두
펜네임 - 정미소, 해림
일　명 - 하오동, 안정
1959년 7월 23일 중국 연길현 하오동에서 경주 정씨 장자로 출생
연변대학 조선언어문학전업수료
농민, 소학교 교원, 중학교 교원, 방송국 기자, 문화국 창작원, 신문사 특약기자 등 직종에 근무
중단편소설, 산문, 시, 수필, 실화, 가사, 평론, 희곡, 잡문, 동화, 민담 등 작품 1,000여 편(수) 발표
한얼패상, 연변일보문화상, 향토수필상, 화신문화상, 정음상, 라지오문학상, 송원컵대상, 국제언론1등상, 해외동포문학평론우수상, 한국농촌문학상, 2008한국KBS서울프라이즈우수상 등 53차 문학상 수상

▌저서

《어휘묘사실용수첩》(공저) 1994년 연변인민출판사
《호랑이를 이긴 산토끼》 1998년 료녕민족출판사
《함경도사람》 2005년 한국학술정보(주)
《구제비둥지》 2005년 한국학술정보(주)
《달나라게집》 2006년 한국학술정보(주)
《응달골무꽃》 2006년 한국학술정보(주)
《진달래혼취》 2006년 한국학술정보(주)
《아리랑고개(반도 인물전)》 2009년 한국학술정보(주)
《오작교 유래(반도 설화집)》 2009년 한국학술정보(주)
《고수레전설(반도 민속편)》 2009년 한국학술정보(주)
《주무랑마봉(중국 전설집)》 2009년 한국학술정보(주)
《해란강여울(간도 가이드)》 2009년 한국학술정보(주)
《일본기모노(세상 나들이)》 2009년 한국학술정보(주)
《오봉산희비(연변 기행문)》 2009년 한국학술정보(주)

중국연변인민방송국 문학부 부장
연변작가협회산문창작위원회 위원장
중국소수민족작가협회회원,
한국해외문화교류회 중국측리사
E-mail:za723@hanmail.net

문화시리즈❹ 중국 전설집

주무랑마봉

초판인쇄 | 2009년 3월 20일
초판발행 | 2009년 3월 20일

지은이 | 정호원
펴낸이 | 채종준
펴낸곳 | 한국학술정보㈜
주 소 | 경기도 파주시 교하읍 문발리 513-5 파주출판문화정보산업단지
전 화 | 031) 908-3181(대표)
팩 스 | 031) 908-3189
홈페이지 | http://www.kstudy.com
E-mail | 출판사업부 publish@kstudy.com

등 록
가 격   25,000원

ISBN   978-89-534-1115-9 94810 (Paper Book)
         978-89-534-1116-6 98810 (e-Book)
         978-89-534-1076-3 94810 (Paper Book Set)
         978-89-534-1094-7 98810 (e-Book Set)